LE CLUB DES BABY-SITTERS

Déjà parus dans la série
LE CLUB DES **BABY-SITTERS** :

1. L'Idée géniale de Kristy
2. Claudia et le Visiteur Fantôme
3. Le Secret de Lucy
4. Pas de panique, Mary Anne !
5. Carla et les trois monstres
6. Un grand jour pour Kristy

Ann M. Martin

L'idée géniale de Kristy

LE CLUB DES **BABY-SITTERS**

FOLIO JUNIOR/**GALLIMARD** JEUNESSE

Ce livre est dédicacé
à mon amie Beth McKeever Perkins,
avec qui nous avons fait tant de baby-sitting.
Amitiés, en souvenir de toutes ces années.

Titre original : Kristy's Great Idea
Édition originale publiée
par Scholastic Inc., New York, 1986

« C'est alors que j'ai pensé pour la première fois au Club des baby-sitters… C'est à peine si j'ai pu attendre neuf heures pour faire part de cette idée géniale à Mary Anne. »

1

Le Club des baby-sitters : l'idée est entièrement de moi, et j'en suis assez fière, même si nous y avons collaboré toutes les quatre, Mary Anne Cook, Claudia Koshi, Lucy MacDouglas et moi, Kristy Parker. L'idée m'est venue en classe. Je venais d'entrer en cinquième.

Il faisait très chaud. Il faisait même si chaud au collège de Stonebrook, que les professeurs avaient ouvert les portes et les fenêtres et éteint toutes les lumières. Mes cheveux collaient à ma nuque et j'aurais bien aimé avoir un élastique pour me faire une queue de cheval. Des mouches volaient dans la classe en bourdonnant autour de nos têtes et M. Redmont, notre professeur, nous permit d'arrêter de travailler pour nous faire des éventails en papier. C'était sympa de prendre dix minutes sur le cours d'histoire-géo pour les fabriquer. En tout cas, cet après-midi étouffant n'en finissait plus, et quand la cloche se mit à sonner, je bondis de ma chaise et criai :

– Ya-ouh !

J'étais si contente de pouvoir enfin sortir de là ! J'aime bien l'école, mais parfois, trop c'est trop.

M. Redmont eut l'air choqué. Il devait sûrement penser qu'il avait été bien sympa de nous avoir laissé faire nos éventails, alors que moi, ingrate, je ne pensais qu'à l'heure de la sortie.

Je n'étais pas fière de moi. Mais, trop tard, ce qui était fait, était fait. Je suis comme ça. J'ai envie de dire quelque chose, je le dis. J'ai envie de faire quelque chose, je le fais. Maman dit que je suis impulsive et que ça peut me causer des problèmes. Elle a raison j'en ai déjà fait l'expérience.

M. Redmont se racla la gorge. Il cherchait comment me punir sans m'humilier devant les autres élèves. Il tient beaucoup à ce genre de choses.

– Kristy, commença-t-il, puis il se reprit. Les enfants, je vous ai donné vos devoirs à faire à la maison, vous pouvez sortir. Kristy, j'aimerais te parler une minute.

Tandis que les autres ramassaient leurs livres et leurs cahiers puis quittaient la classe en chuchotant et en pouffant de rire, je me suis dirigée vers le bureau de M. Redmont.

Avant qu'il ait pu me dire un mot, je commençai par m'excuser. Ça aide parfois.

– Monsieur, dis-je, je suis désolée. Je ne voulais pas dire ça : je suis seulement contente de rentrer chez moi parce que, à la maison, il y a l'air conditionné…

M. Redmont hocha la tête.

– Penses-tu qu'à l'avenir, Kristy, tu pourrais te conduire avec un peu plus de tact ?

Je n'étais pas très sûre du sens du mot tact. Mais je voyais ce qu'il voulait me faire comprendre : ne pas contrarier son professeur en sautant et en criant « ya-ouh » à la fin des cours.

– Oui, monsieur, répondis-je. (Être polie peut aider aussi, parfois.)

– Bon, dit M. Redmont, mais je veux que tu te rappelles cet incident. Et le meilleur moyen de se souvenir des choses, c'est encore de les écrire. Alors, ce soir, j'aimerais que tu fasses une rédaction en cent mots sur l'importance du tact en classe.

Zut ! Il faudrait d'abord que je trouve le sens de ce mot.

– Oui, monsieur.

Je suis retournée à ma place, j'ai ramassé très lentement mes livres et je suis sortie tout aussi lentement de la classe. J'espérais bien que M. Redmont remarquerait cette lenteur, car il me semblait que ça, c'était vraiment du tact.

Mary Anne Cook m'attendait dans le couloir. Elle était adossée au mur et se rongeait les ongles. Mary Anne est ma meilleure amie. Nous sommes voisines et nous nous ressemblons un peu. Toutes les deux, nous sommes petites pour notre âge et nous avons des cheveux bruns qui tombent sur nos épaules. Mais là s'arrête la ressemblance car, moi, je ne sais jamais me taire, alors que Mary Anne, elle, est très calme et très timide. Heureusement, ce n'est qu'une apparence. Ceux qui la connaissent bien – comme Claudia, Lucy et moi – savent qu'en Mary Anne se cache quelqu'un de très drôle.

– Hé ! lui lançai-je.

J'ôtai sa main de sa bouche et examinai ses ongles.

– Mary Anne ! Ce n'est pas possible ! Comment peux-tu espérer te vernir les ongles un jour si tu continues à te les ronger comme ça ?

– Tu parles ! J'aurai soixante-cinq ans au moins avant que mon père m'autorise à le faire !

Le père de Mary Anne est toute sa famille. Sa mère est morte et elle n'a ni frère ni sœur. Malheureusement, son père est plutôt sévère. Ma mère dit que M. Cook agit comme ça car Mary Anne est la seule personne qui lui reste au monde. Quand même ! Il pourrait lui permettre de dénouer ses cheveux, au lieu de l'obliger à se faire toujours des nattes ! Il pourrait de temps en temps l'autoriser à sortir à vélo avec Claudia et moi ! Mais non. M. Cook ne veut jamais rien entendre. Finalement, c'est un miracle que Mary Anne ait le droit de faire du baby-sitting.

En sortant de l'école, je me suis mise à courir. J'avais tout oublié du tact, car je venais à l'instant de me rappeler autre chose.

– Oh, c'est pas vrai ! m'exclamai-je.

Mary Anne me courut après.

– Qu'est-ce qu'il y a ? dit-elle en haletant.

– C'est mardi ! lui criai-je par-dessus mon épaule.

– Et alors ? Ralentis Kristy ! Il fait trop chaud pour courir.

– Je ne peux pas... Le mardi après-midi, je garde David Michael. Je dois arriver avant lui à la maison. Sinon, il arrive le premier et il n'y a personne pour le garder.

David Michael, c'est mon frère. Il a six ans. Mes grands frères, Charlie et Samuel, et moi sommes responsables de lui, un après-midi par semaine, jusqu'à ce que maman rentre du travail. Cathy, une voisine de quinze ans, le garde les deux autres après-midi de la semaine. Cathy est payée pour le garder, ce n'est pas notre cas.

Mary Anne et moi, on a couru tout le long du chemin, et on est arrivées en nage et hors d'haleine à la maison. David Michael était là, tout désemparé, assis sur les marches devant la porte d'entrée, ses boucles brunes tombant mollement sur son front. Il fondit en larmes dès qu'il nous vit.

– Qu'est-ce qu'il y a ? lui demandai-je.

Je m'assis à côté de lui et passai mon bras autour de ses épaules.

– J'suis à la porte, sanglota-t-il.

– Où est passée ta clé ?

David Michael secoua la tête.

– J'sais pas.

Et il s'essuya les yeux en hoquetant.

– Ne t'inquiète pas, j'ai mes clés dans mon sac.

Il éclata de nouveau en sanglots.

– Oui, mais… Je n'ai pas pu rentrer et j'ai très envie d'aller aux toilettes.

J'ouvris la porte.

Quand David Michael est dans cet état, il faut faire semblant de ne pas voir ses larmes et continuer comme si tout allait bien.

Au moment où nous sommes entrés, Foxy, notre chien de berger, s'est précipité dehors, pris d'une irrésistible envie de courir. Il était enfermé à l'intérieur depuis le petit déjeuner et était très pressé de sortir.

– Pendant que tu vas aux toilettes, proposai-je à David Michael, je vais servir du jus d'orange, d'accord ?

– D'accord, fit-il en souriant.

Je sais m'y prendre avec les petits. Mary Anne aussi. C'est maman qui le dit. Toutes les deux, nous faisons pas mal de baby-sitting. En fait, j'avais dû refuser une garde cet après-midi à cause de David Michael. Ça me revenait maintenant.

– Hé, dis-je à Mary Anne en branchant l'air conditionné, Mme Newton m'avait demandé de garder Simon cet après-midi. Est-ce qu'elle t'a téléphoné après m'avoir appelée ?

Mary Anne s'assit à la table de la cuisine et me regarda verser du jus d'orange dans une grande carafe. Elle hocha la tête.

– Non, mais elle a peut-être appelé Claudia.

Claudia Koshi habite de l'autre côté de ma rue. Elle, Mary Anne et moi habitons dans Bradford Alley depuis notre naissance. Nous avons grandi ensemble mais, en fait, j'ai passé beaucoup plus de temps avec Mary Anne qu'avec Claudia. Pour une bonne raison : Claudia est toujours à suivre des cours de dessin ou se réfugie dans sa chambre pour peindre. Sinon, elle lit des romans policiers. C'est son autre passion. Elle est beaucoup plus mûre que nous.

Quand nous étions petites avec Mary Anne, nous jouions toujours à la poupée, à la marelle ou bien on se déguisait, mais pour que Claudia accepte de venir avec nous, il fallait presque lui faire un lavage de cerveau ! La plupart du temps, on s'en fichait. Par contre, Claudia était toujours d'accord pour faire du vélo, pour aller au cinéma ou à la piscine.

Ce qu'il y a de bien chez Claudia, à mon avis, c'est que son père n'est pas comme M. Cook. M. Koshi peut être sévère pour les devoirs, mais il acceptera volontiers qu'on aille boire un Coca en ville ou faire du shopping.

Claudia n'a jamais été une amie intime. Et cette année, depuis la rentrée, le fossé entre nous semble s'être creusé un peu plus. Nous sommes pourtant toutes les deux en cinquième, mais, sans aucun doute, Claudia semble... plus âgée. Elle parle des garçons, passe son temps à chercher de nouveaux vêtements et à parler au téléphone. Elle est devenue une autre personne.

David Michael est entré dans la cuisine. Il avait l'air plus gai.

– Ah, te voilà !

Je lui tendis un verre de jus d'orange et m'assis près de Mary Anne.

A ce moment, Charlie est arrivé en jouant avec une balle de base-ball, suivi quelques minutes plus tard de Samuel et du chien. Samuel a seize ans et Charlie quatorze. Ils vont tous les deux au lycée de Stonebrook.

– Salut, tout le monde ! Salut, petit morveux ! dit Charlie à David Michael.

– Je ne suis pas un petit morveux, répondit-il.

– On va jouer au base-ball dans la cour des Hanson, expliqua Samuel, tu veux venir, Kristy ?

J'aurais bien aimé, mais David Michael était trop petit pour ce jeu.

– Non, Mary Anne et moi on aimerait faire une balade jusqu'au petit ruisseau avec David Michael. Ça t'amuserait d'y aller, hein David Michael ? lui demandai-je.

Il fit joyeusement oui de la tête.

– Bon, eh bien à plus tard ! crièrent Samuel et Charlie en claquant la porte derrière eux.

Nous sommes allés au ruisseau. On a regardé David Michael patauger dans l'eau et essayer d'attraper des têtards. Foxy courait autour de nous en aboyant après les écureuils.

– Je ferais mieux de partir, estima Mary Anne au bout d'une heure, papa va bientôt rentrer.

– Ouais ! Maman aussi sera bientôt à la maison. David Michael ? Viens, il est temps de partir.

Il s'est levé en ronchonnant et on est rentré tous les quatre : Mary Anne, David Michael, Foxy et moi.

Arrivés à la maison, Mary Anne me chuchota :

– Neuf heures ce soir, d'accord ?

Je lui fis un clin d'œil.

– D'accord !

J'ai un code secret avec Mary Anne. C'est elle qui l'a inventé. Comme j'habite juste en face de chez elle et que je vois sa chambre de la mienne, nous communiquons avec des lampes de poche. Souvent, la nuit, nous nous parlons ainsi. Tout ça parce que Mary Anne n'est pas autorisée à téléphoner après le dîner – sauf pour les choses importantes comme le baby-sitting ou les devoirs. Alors, il y a les lampes.

Un petit peu plus tard, quand maman est rentrée, elle a rapporté une pizza. Je me suis approchée de la cuisine avec mes frères, attirée par l'odeur du fromage et des poivrons grillés. Samuel et Charlie semblaient méfiants.

– Je me demande ce qu'elle nous veut, murmura Samuel.

– Ouais, marmonna Charlie.

Maman ne rapporte des pizzas que lorsqu'elle a quelque chose à nous demander. Je décidai de ne pas faire durer le suspens :

– Pourquoi as-tu acheté une pizza, maman ?

Charlie m'envoya un coup de pied dans la cheville, mais je fis comme si de rien n'était.

– Que vas-tu nous demander, hein ?

Maman fit la grimace. Elle savait exactement ce qu'elle faisait. Et elle savait que nous le savions.

– Bon, d'accord, commença-t-elle, Cathy m'a appelée au bureau pour me dire qu'elle ne pourrait pas garder David Michael demain. Les enfants, j'étais en train de me dire que…

– Entraînement de base-ball ! l'interrompit Charlie.

– Club d'échecs, lança Samuel.

– Baby-sitting chez les Newton, expliquai-je.

– Ah, ces enfants ! soupira maman.

– Mais nous sommes vraiment désolés, ajouta Samuel.

– Je n'en doute pas !

Nous avons tous plongés dans nos pizzas, tandis que maman commençait à donner des coups de fil.

Elle appela Mary Anne. Mary Anne devait faire un baby-sitting chez les Pike.

Elle appela Claudia. Claudia devait suivre un cours de dessin.

Elle appela deux étudiantes. Elles devaient se rendre à leur leçon de danse.

David Michael était sur le point de pleurer.

Enfin, maman appela Mme Newton et lui demanda si elle était d'accord pour que j'emmène David Michael avec moi quand j'irais garder Simon. Par chance, Mme Newton accepta.

Je finis d'avaler une écœurante bouchée de fromage et de poivrons. C'était vraiment trop bête que la part de pizza de maman refroidisse parce qu'elle devait donner tous ces coups de fil ! C'était vraiment trop bête aussi que David Michael soit là à penser qu'il était la cause de tous ces problèmes ! Et tout ça parce qu'il n'avait que six ans et qu'il était trop petit pour se garder lui-même !

C'est alors que j'ai pensé pour la première fois au Club des baby-sitters, et je m'en suis presque étouffée. C'est à peine si j'ai pu attendre neuf heures pour faire part de cette idée géniale à Mary Anne.

« Ai eu idée géniale pour Club baby-sitters. Dois te parler absolument. Important. Impossible d'attendre. Aurons plein de boulot. »

2

Après le dîner ce soir-là, je me suis assise à mon bureau, dans ma chambre et j'ai pris un bloc de papier et un crayon bien taillé. J'avais trois choses à faire : la rédaction sur le tact, mes devoirs et réfléchir au Club des baby-sitters. Je les ai faites dans cet ordre-là, en commençant par la plus ennuyeuse.

Au mot « tact » dans le dictionnaire, il y avait : « Faculté de discernement. Délicatesse inspirant la conduite convenable. Voir savoir-vivre. » J'ai dû regarder à « discernement » et à « savoir-vivre » pour bien comprendre la définition. Enfin, je compris. J'avais été impolie. Mais pourquoi M. Redmont ne me l'avait-il pas dit aussi simplement ? Ça aurait tant facilité les choses ! Je me suis alors mise à écrire des trucs sur le fait qu'être impoli était gênant pour les autres et donnait une mauvaise image du collège. Je comptai les mots. Quatre-vingt-dix-neuf. J'ajoutai le mot « Fin » et je l'ornai de grandes et belles arabesques. On verrait bien !

Ensuite je fis des maths et je lus quelque chose sur les villes au Moyen Age, pour le cours d'histoire.

Et j'eus enfin le temps de penser au Club des baby-sitters que je voulais créer.

Je me mis à faire une liste :

1. *Membres :*
   Moi
   Mary Anne
   Claudia
   Qui d'autre ?

2. *Publicité :*
   Prospectus
   Téléphone
   Journal ?

3. *Établir les horaires des réunions pendant lesquelles les gens intéressés pourront nous joindre. Où se réunir ?*

4. *Combien d'argent par semaine pour nos frais ?*

Mon idée était de créer un club de baby-sitters avec Mary Anne et Claudia. Nous dirions aux gens qu'à certaines heures de la semaine ils pourraient toutes nous joindre au même numéro de téléphone. Nous tiendrions nos réunions à ces heures-là. Ainsi, quand quelqu'un aurait besoin d'une baby-sitter, il ou elle pourrait donner un seul coup de fil et trouver trois personnes possibles. L'une d'entre nous serait disponible à coup sûr. L'astuce était cette possibilité de joindre plusieurs baby-sitters à la fois. Ainsi, les parents n'auraient pas à passer par où était passée maman pendant le dîner.

Je décidai que nous ferions nous-mêmes notre publicité. J'espérais que Claudia nous aiderait à faire quelques prospectus qu'on glisserait dans les boîtes aux lettres du voisinage. Elle saurait dessiner quelque chose de sympa pour nos pubs.

Je regardai ma montre. Il était neuf heures moins le quart. Quinze minutes avant l'heure fixée pour le rendez-vous avec Mary Anne. Je devenais nerveuse. J'avais eu une idée tellement géniale ! Et dire que je ne pouvais même pas décrocher le téléphone – comme tout être humain normal – pour en parler à Mary Anne.

– Patiente jusqu'à demain pour lui parler de tout ça à l'école, m'aurait répondu à coup sûr son père.

Je soupirai.

Maman frappa à ma porte. Je savais que c'était elle, car aucun de mes frères ne prend jamais cette peine. Eux, ils débarquent sans prévenir.

– Entre ! criai-je.

– Bonsoir, ma chérie, fit maman.

Elle ferma la porte derrière elle et s'assit au bord de mon lit.

– Comment ça a été au collège ?

Tous les jours, maman essaie de passer un peu de temps seule avec chacun de ses enfants. Elle se sent coupable d'avoir divorcé et aussi d'être obligée de travailler à plein temps. Elle nous l'a dit. J'aimerais bien qu'elle ne culpabilise pas. Ce n'est pas sa faute si papa est parti pour la Californie, qu'il s'est remarié et qu'il n'envoie presque pas d'argent pour notre pension alimentaire. Maman ne réclame rien pourtant. Elle a un super-boulot dans une grosse boîte de Stamford, et ça lui plaît de pouvoir nous élever facilement. Elle est fière de son indépendance. Mais elle culpabilise toujours.

Parfois mon père se conduit comme un mufle. Il ne nous a pas appelés depuis plus d'un an. Et il a oublié mon douzième anniversaire le mois dernier.

Je marquai un temps d'arrêt, essayant de répondre à la question que maman venait de me poser, sans lui parler de la rédaction que j'avais dû faire.

– Kristy ? insista maman.

– Tout s'est bien passé.

– Je n'en suis pas si sûre !

Impossible de mentir à maman !

– Tu sais comme il a fait chaud aujourd'hui ?

– Oui.

– Et tu sais à quel point une journée aussi chaude peut sembler interminable ?

– Kristy, viens-en au fait !

Alors j'avouai. Et maman rit. Elle lut ma rédaction et la trouva bien. Je lui demandai si, à son avis, le mot « Fin » pouvait passer pour le centième mot. Elle sourit et dit qu'elle l'espérait. Elle est super, ma mère !

Quand elle est sortie de ma chambre pour aller voir Samuel, il était neuf heures. Je pris ma lampe de poche, éteignis la lumière de mon bureau et me mis à la fenêtre, face à la chambre de Mary Anne.

Je lui envoyai juste un bref signal lumineux pour lui faire savoir que j'étais là.

Elle fit la même chose. Super ! Elle était prête.

Alors je lui transmis le message suivant (ça m'a pris un temps fou) :

AI EU IDÉE GÉNIALE POUR CLUB BABY-SITTER. DOIS TE PARLER ABSOLUMENT. IMPORTANT. IMPOSSIBLE D'ATTENDRE. AURONS PLEIN DE BOULOT.

Puis, il y eut une pause. Mary Anne répondit alors :

QUOI ?

Et il fallut tout recommencer depuis le début. Cette fois, je raccourcis le message. Pour finir Mary Anne m'envoya :

SUPER. A DEMAIN.

Et on éteignit les lampes. Elle ne s'était jamais fait prendre et nous avions décidé de continuer.

Je venais de fermer le tiroir où je cachais la lampe, quand maman frappa à nouveau à ma porte.

– Entre, dis-je intriguée, en rallumant la lumière.

D'ordinaire, maman ne venait pas bavarder une seconde fois. Peut-être avais-je laissé ma porte fermée trop longtemps.

Cette fois, c'est elle qui s'assit à mon bureau et moi sur le bord du lit.

– Je voulais simplement te prévenir que je sors avec Jim samedi soir, j'avais oublié de t'en parler.

J'ai grogné. Depuis quatre mois, maman sortait de temps en temps avec ce type, Jim. Elle l'aimait beaucoup, mais moi pas du tout. Il est divorcé et il a deux enfants. Et, pour couronner le tout, il est presque chauve.

– Je ne te demande pas ta permission, Kristy. Je t'informe seulement. Charlie sort aussi, mais Samuel sera à la maison. J'aimerais que tu sois un peu plus compréhensive avec Jim. Je ne peux pas t'obliger à l'aimer, mais on ne peut pas dire que tu fasses beaucoup d'efforts pour le mettre à l'aise.

A vrai dire, je n'en ai fait pour aucun des hommes que maman a rencontrés. J'ai trop peur que l'un d'eux l'épouse si je suis trop sympa. Alors là ! Je ne sais pas ce que je ferais ! Nous sommes heureux comme nous sommes.

– Encore une chose, ajouta maman. Jim doit garder ses enfants ce week-end, mais il travaille samedi matin. Ça l'ennuie, mais il ne peut pas faire autrement. Il aimerait bien que tu t'occupes d'Andrew et de Karen.

Je secouai la tête. Jim m'a déjà demandé au moins trois fois de garder ses enfants, mais je ne veux pas. Je ne veux rien avoir à faire ni avec lui ni avec sa famille. Alors, j'invente des excuses ou je refuse purement et simplement.

C'est ce que je fis.

– Très bien, dit maman d'une voix glacée, c'est à toi de voir.

Sa voix résonnait comme une menace. Pourtant elle vint vers moi et m'embrassa sur les cheveux, ce qui signifiait qu'elle n'était pas fâchée.

– Tu vas bientôt te coucher ? me demanda-t-elle en quittant ma chambre.

– Ouais. Tu peux laisser la porte ouverte.

Je dis bonsoir à mes frères et, une demi-heure après, je me glissais sous ma couette.

Mon chien Foxy était blotti contre moi. Tout en le caressant, je songeais à maman et à Jim, à Andrew et à Karen. C'est alors que je me souvins du Club des baby-sitters et je repris courage.

Vivement demain !

« On se fixa rendez-vous pour le lendemain en fin d'après-midi. Et c'est ainsi que débuta officiellement le Club des baby-sitters. »

3

M. Redmont prit ma rédaction sur le tact. Je la lui avais remise juste avant le début du cours, au moment où les élèves arrivaient, de façon à ce qu'il n'ait pas le temps de la lire. Il ne compta pas les mots, parcourut juste le devoir, leva la tête et me dit :

– C'est bien, Kristy. Bon travail. Par écrit, tu t'exprimes très convenablement.

Et ce fut tout ! Ni cours de morale ni réprimande.

Je lâchai un soupir de soulagement et m'installai à ma place avec tact.

Après l'école, je me dépêchai de rentrer à la maison avec Mary Anne. Il faisait moins chaud que la veille et c'était moins pénible de courir.

– Tu fais un baby-sitting chez les Pike aujourd'hui ? demandai-je à Mary Anne sur le chemin.

Elle me fit signe que oui.
– Combien d'enfants gardes-tu ?
(Il y a huit enfants chez les Pike.)
– Deux. Claire et Margot.
– Super !
Claire et Margot ont quatre et six ans. Elles sont marrantes, mais chose plus importante encore, elles adorent les baby-sitters.
– Et toi, chez qui vas-tu aujourd'hui ? me demanda Mary Anne à bout de souffle.
– Chez les Newton. David Michael vient avec moi. Il pourra jouer avec Simon.
– Super ! Je pourrais peut-être venir un moment avec Claire et Margot. Ils joueraient tous ensemble pendant que toi, tu m'expliquerais tout sur le Club des baby-sitters.
– Bonne idée ! m'écriai-je.
Nous nous sommes séparées, hors d'haleine, devant chez moi. J'étais contente d'être arrivée avant mon petit frère.
A quatre heures et demie pile, David Michael et moi étions devant chez les Newton. C'est important d'être ponctuel pour le baby-sitting. Je ne suis jamais arrivée en retard. Les gens apprécient. Je laissai David Michael sonner. La porte d'entrée s'ouvrit toute grande.
– Coucou ! s'exclama Simon.
David Michael me jeta un regard qui signifiait : « Il va vraiment falloir que je joue avec un petit de trois ans qui dit coucou ? » Je lui tapotai l'épaule pour le rassurer.

– Salut Simon, répondis-je en entrant chez les Newton.

– Regarde ce que j'ai ! s'écria Simon en me tendant un Playmobil. C'est le chef des pirates !

– Génial ! fit David Michael, soudain intéressé. T'en as d'autres ?

– Bien sûr, continua Simon, viens voir.

Et les deux garçons partirent.

Mme Newton me salua de la cuisine.

– Quelle aubaine ces jouets ! me cria-t-elle.

Je souris.

– Vraiment désolée d'avoir été obligée de venir avec David Michael, j'espère que tout va bien se passer.

Je n'ai jamais aimé abuser de la gentillesse des gens.

– Mais oui, je suis sûre que ça va bien aller, me rassura Mme Newton en me montrant son gros ventre. Il vaut d'ailleurs mieux que Simon s'habitue aux autres enfants.

– C'est pour quand le bébé ?

– Dans deux mois environ.

– J'ai connu ça, soupirai-je en pensant à maman enceinte de David Michael.

– C'est toi qui me dis ça ? s'étonna en riant Mme Newton.

Puis elle me donna ses instructions.

– Voilà mon programme : j'ai juste rendez-vous chez le médecin, plus quelques courses à faire. Je serai de retour vers cinq heures et demie.

– Bien, cinq heures et demie, répétai-je.

Dès qu'elle fut partie, j'appelai Mary Anne chez les Pike.

– Tu peux venir quand tu veux.

Les Pike habitaient à deux pas de là, et Mary Anne arriva dix minutes plus tard. Elle traînait Claire et Margot dans un petit chariot rouge.

Simon les accueillit gaiement :

– Coucou !

– Coucou ! répéta la petite Claire du haut de ses quatre ans.

David Michael et Margot se dévisageaient avec méfiance. Ils n'avaient jamais joué ensemble et mon frère se méfiait des filles, surtout quand elles n'étaient pas dans sa classe.

On emmena les enfants dehors. Quand ils se mirent à jouer gentiment, Mary Anne voulut en savoir plus :

– Alors, qu'est-ce que c'est que ce Club des baby-sitters ?

– Je pensais que nous pourrions faire équipe avec d'autres filles qui font du baby-sitting, lui expliquai-je, et former un club, une sorte d'association, un truc comme ça.

Mais le bruit d'une chute et un cri nous interrompirent.

Simon était tombé d'une balançoire.

– Boouh ! hurlait-il.

Je me suis précipitée vers lui pour l'examiner. Mais il n'avait ni bosse ni genou écorché.

– Boouh !

– Où ça te fait mal ?

Il montra son ventre, puis son genou et enfin sa tête.

– Tu as mal partout ?

Il avait l'air abattu.

– Nous ferions peut-être mieux de rentrer, suggéra Mary Anne, en faisant signe à Claire et à Margot. Ça vaudrait mieux.

– D'accord. Écoute, pourquoi ne parlerait-on pas de cette idée à Claudia ? Allons chez elle tout à l'heure. Elle sera revenue de son cours de dessin.

– Ok, à tout de suite.

Une fois rentrée, j'ai donné des cookies aux raisins à Simon. David Michael et lui ont joué aux Playmobil, puis ils ont regardé un dessin animé à la télévision. Simon avait oublié sa chute depuis longtemps quand sa mère rentra.

Mme Newton me paya et je courus en face, chez Claudia Koshi.

Ces derniers temps, quand j'allais chez Claudia, je ne me sentais pas aussi à l'aise qu'avant. Pourquoi donc avait-il fallu qu'elle se mette à grandir plus vite que nous cette année ? Elle portait un soutien-gorge et, à sa façon de parler des garçons, on aurait dit qu'ils venaient juste d'avoir été inventés ! A l'écouter, parce qu'ils étaient en cinquième, ils n'étaient plus les mêmes imbéciles qu'il y a un an. L'année dernière, les garçons disaient :

– Tu veux un Malabar P.M. ?

Et à ce moment-là, ils sortaient le chewing-gum de leur bouche en ajoutant :

– C’est un Malabar Pré-Mâché, t’en veux ?

Et ils riaient comme des malades.

L’année dernière, les garçons nous faisaient des bleus sur les bras ou nous crachaient dessus ; ils déplaçaient nos chaises quand nous nous levions pour répondre en classe. Cette année, d’après Claudia, les garçons étaient devenus des héros. Personnellement, je n’avais constaté aucun changement.

Je sonnai chez les Koshi. C’est Claudia qui est venue m’ouvrir. Elle portait un pantalon noir très large et souple, une longue chemise blanche, un collier en perles bleues et des baskets blanches à talons compensés. Ses longs cheveux noirs étaient soigneusement coiffés et lustrés. Je me sentis extrêmement banale, comparée à elle.

J’avais tellement l’habitude de voir Claudia habillée comme ça, que je ne me suis pas étonnée. Mais je remarquai par contre qu’elle était maquillée. Elle avait du bleu sur les cils, du doré sur les paupières et du rouge aux joues.

– Claudia ! m’exclamai-je, soufflée. Ton visage ! Tu ressembles à… tu es maquillée comme… un clown, je veux dire… c’est si vif…

– Merci !

– Non. Vraiment, Claudia. Tu n’as pas besoin de maquillage. Ton visage est si joli…

– Tu veux sans doute dire exotique, rectifia Claudia.

Bon, peut-être, oui. Les parents de Claudia sont originaires du Japon. Ils sont arrivés aux Etats-

Unis quand ils étaient enfants. Claudia a des cheveux de jais soyeux, des yeux noirs et une peau lisse sans la moindre trace de bouton. Elle est absolument magnifique. Mais elle a la fâcheuse tendance à s'acheter des tonnes de bijoux fantaisie et des collants à paillettes. Le maquillage, c'était nouveau. Je montrai son visage :

– Est-ce que tu iras comme ça au collège demain ?

– Si j'ai le droit, oui.

Je hochai la tête. Les parents de Claudia sont assez stricts. Ils ne comprennent pas du tout sa façon de s'habiller et ils ne lui donnent pas d'argent de poche pour ses folies (ce qui explique pourquoi Claudia fait du baby-sitting). Mais je me demandais quelle tête feraient les Koshi devant cette face de clown. Je ne savais pas non plus comment réagiraient nos professeurs.

Je saluai Mimi, la grand-mère de Claudia, et suivis Claudia en haut, dans sa chambre.

– Où est Jane ?

Claudia soupira en haussant les épaules.

– Au lycée, où veux-tu qu'elle soit ?

Jane est la sœur de Claudia. Elle a quinze ans. Elle est déjà en première au lycée de Stonebrook. Jane est un pur génie. Une personne moyenne a un quotient intellectuel de 100. S'il est situé entre 120 et 140, on est plus intelligent que la normale. Une personne avec un Q.I. de 150 est considérée comme un génie.

Jane, elle, a un Q.I. de 196.

Parfois, ça me dégoûte. La plupart du temps, elle écœure aussi sa sœur. Elle croit qu'elle sait tout (à vrai dire, ce n'est pas totalement faux). Elle nous reprend constamment. Si je dis :

– Pas de bol, David Michael, tu ne peux pas jouer dehors aujourd'hui, il pleut.

Jane répliquera :

– Kristy, tu aurais dû dire : « Pas de chance, David Michael. » Pas de bol est incorrect. Si tu veux arriver à quelque chose dans la vie, tu dois apprendre à t'exprimer convenablement.

Jane a tout d'un manuel scolaire. Son meilleur ami est un matheux boutonneux qui, à quatorze ans, va passer son bac. Son deuxième meilleur ami, c'est son ordinateur !

Je suis sûre que c'est à cause de Jane que Claudia s'intéresse tellement au dessin et travaille si peu à l'école. J'étais soulagée que Jane ne soit pas là.

Avec Claudia, on s'est vautrées sur le lit puis j'ai commencé à lui expliquer :

– Mary Anne va arriver. Il faut que je vous parle à toutes les deux de cette super-idée.

Les yeux de Claudia s'allumèrent.

– De quoi s'agit-il ?

– Du Club des baby-sitters.

– Le Club des baby-sitters ? cria-t-elle.

– Ouais, je t'en dirai plus quand…

A ce moment-là, on sonna. Claudia dévala les escaliers. Elle ouvrit d'un coup sec la porte d'entrée, attrapa Mary Anne, l'entraîna à l'étage et la poussa dans la chambre.

– J'adore les clubs ! s'exclama Claudia essoufflée. Explique-nous ton idée.

– Voilà. Tout a commencé hier soir...

Je leur racontai que maman avait dû appeler tout Stonebrook pour trouver une baby-sitter, que ça avait pris une éternité et que David Michael réagissait mal.

– Alors j'ai pensé qu'on pourrait se regrouper. De toute façon, nous sommes toutes des baby-sitters. En faisant de la publicité, on pourrait connaître plus de monde. On se réunirait plusieurs fois par semaine en donnant nos horaires aux personnes intéressées. Alors un seul coup de fil leur suffirait pour contacter plusieurs baby-sitters. Et si, comme madame Pike, quelqu'un a besoin de deux baby-sitters à la fois, il n'aura qu'un seul numéro à composer.

J'ajoutai encore tout ce à quoi j'avais réfléchi et je conclus :

– Bon, maintenant il faut penser à deux choses. D'une part, où pouvons-nous nous réunir ? D'autre part, qui d'autre peut faire partie du club ?

– Je peux répondre aux deux questions, affirma Claudia. D'abord, nous ferons nos réunions ici, parce que j'ai le téléphone dans ma chambre.

– Ah ! Parfait ! m'exclamai-je.

J'avais bien espéré que Claudia nous le proposerait.

– Et ensuite, je connais quelqu'un qui aimerait sûrement se joindre à nous.

– Qui ? avons-nous demandé en chœur.

– C'est une nouvelle. Elle vient d'arriver à Stonebrook. Elle habite dans Fawcett Avenue et elle est dans ma classe. Elle s'appelle Lucy MacDouglas.

– Mouai… fis-je lentement. Bien sûr, il faut qu'on la rencontre avant.

– Évidemment. Mais elle vous plaira. Elle vient de New York, ajouta Claudia.

Là, j'étais impressionnée et Mary Anne aussi. Elle ouvrait de grands yeux.

– Je me demande bien pourquoi elle a quitté New York pour venir ici, s'étonna-t-elle.

Claudia haussa les épaules.

– J'sais pas. Mais je suis contente qu'elle soit là. Lucy est vraiment cool.

On s'est regardées avec Mary Anne, pas du tout sûres que ce soit bon signe.

– Qu'est-ce que vous faites demain après-midi ? On pourrait se voir ? proposa Claudia.

– Si c'est à cinq heures et demie comme aujourd'hui, d'accord, approuva Mary Anne. Avant je suis prise.

On se fixa rendez-vous pour le lendemain en fin d'après-midi. Et c'est ainsi que débuta officiellement le Club des baby-sitters.

“ J’adorerais faire partie de votre club… Je ne connais pas encore beaucoup de monde à Stonebrook. Et puis ce serait sympa de gagner un peu d’argent. ”

4

Le lendemain à cinq heures et demie précises, je sonnai chez Claudia. C’est encore elle qui vint m’ouvrir. Cette fois, elle portait un large sweat orange, un pantalon rayé vert et jaune, des Doc Martins mauve et un bracelet de billes en verre multicolores. A ses oreilles se balançaient deux petits squelettes articulés. Je notai qu’elle n’était pas maquillée.

– Mes parents ont dit non, expliqua-t-elle.

– Mais tu es sortie quand même avec les squelettes ?

Claudia grimaça.

– Je viens de les mettre, avoua-t-elle, j’en profite, il n’y a que Mimi à la maison et ça ne la dérange pas.

– Hey, hey !

Claudia est maligne. En montant les escaliers, elle m’annonça :

– Lucy est déjà là. J'espère vraiment qu'elle te plaira.

Elle baissa la voix.

– Attention ! Jane est là aussi. Et sa porte est ouverte !

A ce moment-là, Jane passa la tête dans le couloir.

– Tiens ! Salut Kristy ! Il m'avait bien semblé entendre ta voix. Claudia m'a dit deux mots sur le Club des baby-sitters. C'est une idée tout à fait remarquable.

– Oui, je me disais que..., commençai-je.

Jane prit son air de mademoiselle-je-sais-tout.

– Kristy, « je me disais que » est un abus de langage. Tu ne te parles pas à toi-même, me semble-t-il. Il est inacceptable d'employer cette expression. Il fallait dire « je pensais que ». Si j'étais...

Je ne compris pas un seul mot de son discours. Vraiment, Jane était insupportable. Et je trouvais toujours le moyen de dire une bêtise devant elle.

J'allais entrer dans la chambre, quand on sonna.

– C'est Mary Anne ! criai-je. Je vais lui ouvrir.

Je descendis en courant, ouvris la porte, la prévins de la présence de Jane et remontai avec elle à toute vitesse. On se précipita dans la chambre de Claudia, en prenant soin de ne pas regarder Jane dont la porte était restée ouverte.

– Les filles, voici Lucy MacDouglas nous annonça Claudia. Lucy, voici Kristy Parker et Mary Anne Cook.

Lucy et moi, on se salua cordialement. Mary Anne était intimidée.

– Salut ! fit-elle, en s'adressant au mur.

En observant Lucy, je compris tout de suite pourquoi Claudia et elle étaient déjà amies. Elle portait un sweat rose avec des paillettes argentées, un jean collant et des bottines roses en plastique brillant. Elle était très jolie, grande et plutôt mince, avec d'immenses yeux bleus bordés de cils bruns, des cheveux blonds bouclés comme avec un fer à friser.

Je lançai un regard à Mary Anne. Elle et moi portions nos vêtements de collégiennes : une jupe et un chemisier. J'avais des socquettes et des mocassins, Mary Anne des chaussettes blanches et des chaussures basses. Comme d'habitude, Mary Anne avait des tresses et moi un serre-tête bleu. Nous avions l'air de grands bébés de onze ans ! Lucy et Claudia, elles, ressemblaient à deux mannequins. Il y eut un silence pesant.

– Bon ! commençai-je en me raclant la gorge deux fois. Claudia, qu'est-ce que tu as dit du club à Lucy ?

– Uniquement ce dont nous avons parlé hier, répondit-elle.

– Tu faisais souvent du baby-sitting à New York ? demandai-je à Lucy.

– Oh ! Tout le temps. Nous vivions dans un grand immeuble. Il y avait plus de deux cents appartements.

– Waouh ! s'écria Mary Anne.

– J’avais l’habitude de mettre des annonces dans les boîtes aux lettres du hall de l’immeuble. Les gens m’appelaient tout le temps.

Elle fit une pause.

– J’ai le droit de faire du baby-sitting jusqu’à dix heures du soir le vendredi et le samedi.

– Waouh ! fit encore Mary Anne.

J’avais de plus en plus l’impression d’être un bébé. Comment pouvait-on se sentir aussi gamine auprès de quelqu’un qui avait le même âge que soi ?

– J’adorerais faire partie de votre club, continua Lucy. Je ne connais pas encore beaucoup de monde à Stonebrook. Et puis ce serait sympa de gagner un peu d’argent. Mes parents m’achètent mes vêtements, mais je dois me payer le reste, vous savez, les cassettes, les CD, les bijoux, le ciné…

– Pourquoi as-tu quitté New York ? voulut savoir Mary Anne.

Mary Anne a un faible pour New York. Elle est fascinée par les magasins, les buildings, l’ambiance… Elle aimerait y habiter plus tard.

Lucy regarda par terre et se mit à balancer son pied droit d’avant en arrière.

– Mon père a changé de travail, expliqua-t-elle d’un air détaché.

Puis elle ajouta :

– Hé, dis donc ! tu as plein de super-tableaux, Claudia !

– Merci, j’en ai peint deux moi-même.

Elle montra un cheval galopant dans les dunes et une jeune fille assise près d'une fenêtre, la tête tournée vers un paysage.

– Eh bien moi, si j'habitais New York, pour rien au monde je n'en partirais, poursuivit Mary Anne. Raconte-nous la vie là-bas. Et l'école ?

– J'allais dans une école privée, commença Lucy.

– Est-ce que tu portais un uniforme ? l'interrompit Claudia, effrayée par cette seule pensée.

– Non, je pouvais m'habiller comme je voulais.

– Comment tu allais au collège ? demanda Mary Anne.

– En métro.

– Waouh !

(A Stonebrook, il n'y a que des bus scolaires.)

– Une fois, ajouta Lucy qui voyait parfaitement l'effet qu'elle faisait sur Mary Anne, j'ai fait tout le trajet de chez moi jusqu'à Coney Island en métro. Ça m'a pris au moins une heure et demie, avec plein de changements.

– Waouh ! Et tu as déjà pris le taxi toute seule ?

– Bien sûr. Souvent.

– Waouh !

Au dernier « Waouh » de Mary Anne, nous avons toutes pouffé de rire.

– Bon, de toute façon, repris-je, pour en revenir au club, nous devrions faire deux listes. L'une avec les règlements et l'autre avec les choses à faire…

– Est-ce que ça veut dire, m'interrompit Lucy, que je suis acceptée ?

Je lançai un coup d'œil à Mary Anne, qui hocha la tête. Je savais déjà ce que pensait Claudia.

– Ouais, fis-je.

– Waouh ! s'exclama Lucy, ce qui fit rire Mary Anne. C'est génial ! ajouta-t-elle avec un grand sourire.

Claudia la félicita, puis elle sortit un tube de Smarties de sous son oreiller.

– Ça se fête ! s'écria-t-elle en faisant passer les bonbons.

Mary Anne et moi, on était si affamées qu'on en a englouti une pleine poignée.

Lucy, elle, glissa juste un regard sur les Smarties et les fit passer à Claudia.

– Tiens ! Il n'en reste que cinq, lui dit-elle. Prends-les !

– Oh, ne t'en fais pas, la rassura Claudia. J'ai des réserves de bonbecs un peu partout. Mes parents n'en savent rien.

Elle nous raconta qu'elle avait des Malabar dans son tiroir à chaussettes, des tablettes de chocolat aux noisettes derrière ses dictionnaires, un paquet de Finger dans son bureau et des rouleaux de réglisse dans sa tirelire.

– Non, merci, refusa Lucy. Je suis au régime.

– Toi ? m'écriai-je, mais tu es ultra-mince !

De toutes les filles de mon âge que je connaissais, Lucy était bien la première à faire un régime.

– Combien pèses-tu ?

– Kristy ! s'exclama Claudia, outrée. Ça ne te regarde pas.

– Mais c'est risqué de faire un régime quand on n'en a pas besoin. C'est maman qui le dit. Est-ce que ta mère le sait ?

– Eh bien, elle…

– Tu vois, je parie qu'elle ne le sait pas.

A ce moment-là, quelqu'un frappa à la porte.

– Mary Anne ! appela Jane, ton père vient de téléphoner sur l'autre ligne. Il faut que tu rentres.

Mary Anne regarda sa montre.

– Six heures dix ! s'écria-t-elle. Oh non ! Je suis en retard. Papa déteste ça. Merci Jane. Je file, les filles.

– Attends ! lui lançai-je. Nous n'avons pas fini notre réunion.

– Rendez-vous demain après la cantine, suggéra Claudia.

– Tu y seras ? demandai-je, sceptique.

Depuis un moment, Claudia passait ses récréations à regarder les garçons jouer au basket. Elle les appelait « ses charmants garçons ».

– Oui promis, m'assura-t-elle. Après la cantine, on se retrouve près de la salle de gym. Que quelqu'un pense à apporter de quoi écrire.

– Je m'en charge, déclarai-je.

Mary Anne se leva et disparut très vite.

– Je ferais mieux d'y aller aussi, remarqua Lucy.

– Moi aussi, ajoutai-je.

Claudia nous accompagna à la porte.

Le vendredi, à la cantine de l'école, le menu est toujours le même : un bol de chou rouge râpé, un steak noyé dans des haricots verts, un fondant au chocolat et un verre de lait. A part le gâteau au chocolat, je détestais tout. Mary Anne et moi, on s'est forcées à manger, puis on est sorties attendre Claudia et Lucy. A la cantine, nous n'étions pas assises à leur table, parce qu'elles mangeaient avec les filles les plus prétentieuses des classes de cinquième – on en connaissait certaines, malheureusement – et quelques garçons.

Qu'elles puissent manger avec des garçons me dépassait ! Ils faisaient toujours des blagues nulles comme recracher leurs petits pois et leurs raviolis dans leur verre de lait pour voir la couleur que ça prendrait. Claudia, elle, avait l'air de les trouver très drôles. Cela explique pourquoi Mary Anne et moi étions les premières devant la salle de gym. Nous jouions aux cartes en les attendant.

– Salut, les filles ! nous cria Claudia en traversant le terrain de basket.

– Salut !

On est allées toutes les quatre vers un coin tranquille, le long d'un des murs du collège, et on s'est assises sur de vieilles caisses vides.

– J'ai ce qu'il faut, dis-je en sortant un crayon et du papier. Et puis autre chose.

Je tirai de ma poche la liste que j'avais faite mardi soir et montrai la question 2 intitulée : « publicité ».

– C'est ce que nous allons faire maintenant : informer les gens sur ce que nous leur proposons.

– D'accord, approuva Claudia qui était coiffée d'un bob rouge génial que les profs ne l'autorisaient pas à porter en classe.

– A mon avis, les prospectus sont un bon moyen d'informer les gens. Nous pouvons écrire une annonce sympa et ma mère en fera des photocopies à son bureau. Ensuite, nous les distribuerons dans les boîtes aux lettres des gens du coin et de toutes les autres rues qui sont à distance raisonnable en vélo. Mary Anne, tu crois que ton père te laissera garder des enfants dans un autre quartier que le nôtre ?

– Je pense que oui, répondit Mary Anne sans grande conviction.

Lucy lui lança un regard surpris.

– Bon, poursuivis-je, nous avons déjà le nom de notre association : le Club des baby-sitters. Ce serait bien d'avoir aussi une sorte de logo, vous savez, comme ceux qu'on trouve sur les paquets de gâteaux, ou comme le lion sur le papier à lettre de la société de ma mère.

– Ouais ! s'exclama Lucy, excellente idée. Nous pourrions l'imprimer sur nos prospectus. Claudia, tu pourrais nous dessiner quelque chose ?

– Je ne sais pas, fit Claudia.

– Allez, sois sympa, tu es une vraie artiste, insistai-je. Tu saurais dessiner n'importe quoi.

– Je sais bien, mais je ne suis pas douée pour les sigles et les trucs comme ça. Jane sait mieux dessiner ce genre de choses que moi.

– Ouh là ! Laisse Jane où elle est ! m'écriai-je. En tout cas, nous allons toutes réfléchir à ce logo. Nous sommes un club après tout. Nous devons nous mettre d'accord sur tout. Vous avez des idées alors ?

– Ça pourrait avoir un rapport avec le baby-sitting, proposa Mary Anne, un enfant, par exemple, ou une main tendue, ou simplement un truc qui nous plaît : un arc-en-ciel, une étoile filante, une grenouille, ou…

– Une grenouille !

J'éclatai de rire. Claudia et Lucy aussi.

Mary Anne avait l'air gêné, mais elle rit à son tour.

– Et pourquoi pas un phacochère ? suggéra Claudia.

– Un cochon de lait ! ajouta Lucy.

– De la pâtée pour chien !

On riait tellement qu'on n'arrivait presque plus à parler. Je retrouvai enfin mon calme.

– Allez ! Soyons sérieuses. Nous n'avons plus que dix minutes avant le début des cours. Et nous devons trouver quelque chose.

– Si on faisait un truc avec nos noms dessus ? suggéra Lucy.

– Ouais, pourquoi pas ! avons-nous fait en chœur.

Mais après, nous sommes toutes restées muettes.

– Et un cube avec nos prénoms sur chaque face ? continua Mary Anne.

– Ce serait mignon, remarqua Claudia, mais nous sommes quatre et on ne peut pas voir les quatre faces d'un cube à la fois.

– Ah… ouais ! admit Mary Anne.

Claudia comprend ce genre de chose bien plus rapidement que nous.

– Attendez une minute, cria Claudia. J'y suis. Je pourrais dessiner quelque chose comme ça.

Elle prit le crayon et le bloc de papier, et dessina ceci :

LE CLUB

DES

BABY-SITTERS

– C'est super-génial, vraiment super-génial ! m'exclamai-je. C'est parfait ! Claudia tu es un…

Je m'arrêtai. J'allais dire génie mais Claudia est très sensible à ce sujet, à cause de Jane.

– Pro, finis-je par dire.

La sonnerie annonçant la reprise des cours retentit. Mais avant, nous avions décidé de passer le week-end à travailler pour le club.

“Vous cherchez une baby-sitter? Gagnez du temps! Appelez le 5-3231. Lundi, mercredi, vendredi de 17h30 à 18h00. Vous y trouverez des baby-sitters expérimentées.”

5

Le samedi suivant, Mary Anne, Claudia, Lucy et moi, nous nous sommes toutes retrouvées pour réfléchir au club. Nous avons téléphoné aux familles que nous connaissions pour leur parler de notre projet. Puis nous avons écrit un petit texte pour notre publicité et nous l’avons dicté au téléphone à un employé du *Stonebrook News*, le journal local. Il nous a prévenu que notre annonce allait paraître le mercredi. Nous mourions d’envie de la lire. Puis, Lucy eut une idée.

– Je pense que nous devrions mettre en place les statuts de notre club, déclara-t-elle.

– Les statues ? répéta Claudia troublée.

– Oui, le règlement. Et puis nous devons élire une présidente, une vice-présidente, une secrétaire…

– Et une trésorière ! ajoutai-je. Parfait, comme ça on se répartira les tâches entre nous quatre.

– Oh ! Je comprends ! dit Claudia. Bon, alors je propose Kristy comme présidente, le club, c'est son idée.

– Je suis pour, fit Mary Anne.

– Moi aussi, reprit Lucy. Alors tout le monde est d'accord ?

Je souris.

– Merci les filles. Alors je propose Claudia comme vice-présidente, puisque nous utilisons son téléphone et sa chambre. Elle risque d'avoir plein d'appels quand nous ne serons pas là.

– Je suis pour, dit Mary Anne.

– Moi aussi, répéta Lucy.

– A l'unanimité, de nouveau.

Claudia rayonnait.

Mary Anne se racla la gorge et nous regarda avec anxiété.

– Lucy, si tu n'as rien contre, j'aimerais bien être la secrétaire du club. J'aime bien écrire.

– Pas de problème, la rassura Lucy. Comme je me débrouille pas mal avec l'argent et les chiffres, je serai la trésorière.

Nous n'avons même pas eu à voter pour Mary Anne et Lucy puisque tout le monde était d'accord. Pour fêter l'élection des membres du comité, Claudia sortit un paquet de Carambar de sa trousse et le fit passer parmi nous. Avant même que le paquet n'arrive jusqu'à elle, Lucy se leva d'un bond et s'exclama :

– Désolée ! Il faut que je passe chez moi. Je reviens tout de suite.

– Lucy, dis-je, si c'est encore à cause de ce stupide régime, tu n'as qu'à le dire. Tu n'as pas besoin de t'enfuir. Regarde, nous rangeons les bonbecs.

– Non, non, ce n'est pas ça. J'ai juste… j'ai juste oublié quelque chose. J'en ai pour une minute.

Et elle se précipita dehors.

Mary Anne, Claudia et moi on se regarda en haussant les épaules. Lucy revint un quart d'heure plus tard. Elle avait les mains vides.

– Tu l'as ? lui demandai-je.

– Quoi ?

– Ce que tu avais oublié !

– Ce que j'avais… ? Oh non ! J'avais juste oublié de faire quelque chose. Mais c'est réglé.

J'allais poser une autre question, mais Claudia me menaça d'un regard noir. Alors, nous nous sommes remises à travailler pour nos prospectus et, à la fin, ça donnait ceci :

LE CLUB

DES

BABY-SITTERS

Vous cherchez une baby-sitter ?
Gagnez du temps !
Appelez le 5-3231
Lundi, mercredi, vendredi de 17 h 30 à 18 h 00
Vous y trouverez des baby-sitters expérimentées :

KRISTY PARKER, présidente
CLAUDIA KOSHI, vice-présidente
MARY ANNE COOK, secrétaire
LUCY MACDOUGLAS, trésorière

Disponibles :
– le week-end
– après l'école
– en soirée

Vous pouvez aussi nous appeler chez nous,
à l'heure qui vous convient :
KRISTY PARKER, 5-2321
CLAUDIA KOSHI, 5-3231
MARY ANNE COOK, 5-9102
LUCY MACDOUGLAS, 5-7844

– Je donnerai ça à maman, proposai-je. Elle en fera des photocopies lundi et nous pourrons les distribuer la semaine prochaine. Je dois rentrer maintenant. C'est presque l'heure du dîner. Et ce soir, maman sort avec Jim, ajoutai-je en faisant une grimace.

– C'est qui, Jim ? s'étonna Lucy.

– Le petit ami de ma mère. Mes parents sont divorcés. Les tiens aussi ?

En fait, je savais très peu de choses sur Lucy.

– Non. Ils sont mariés depuis quinze ans.

– Les miens depuis vingt ans, ajouta Claudia.

– Ma mère est morte quand j'étais encore bébé, expliqua Mary Anne. Elle avait un cancer.

Lucy eut l'air gêné.

– Ça va, ne t'en fais pas. Je ne me souviens plus du tout d'elle. Mais parfois, j'aimerais bien m'en souvenir.

Je me levai.

– Bon, il faut vraiment que j'y aille. A demain ! criai-je en descendant escalier.

Jim est arrivé à six heures et demie.

David Michael courut à sa rencontre. Il l'adore. Sans doute parce qu'il ne se souvient pas de papa. Alors, il pense que Jim c'est mieux que pas de papa du tout.

Je suis restée dans ma chambre jusqu'à ce que maman m'appelle :

– Kristy ! Jim est là !

Pourquoi donc me fait-elle toujours descendre pour le voir ? Elle sait pourtant ce que je pense de lui !

– J'arrive, fis-je avec la voix contrariée de quelqu'un qu'on dérange.

Quand je suis arrivée en bas, Jim était planté au milieu de la cuisine, avec des sac remplis de plats chinois plein les bras.

– Surprise ! s'exclama-t-il.

– C'est quoi ? demandai-je, méfiante.

– Sympa, n'est-ce pas Kristy ? s'enthousiasma maman. Jim a apporté des plats du restaurant chinois pour que nous dînions tous ensemble, avant de sortir.

Jim apporte toujours des choses à manger chez

nous ! On croirait qu'il est propriétaire d'un restaurant.

– Qui garde vos enfants ? lui demandai-je d'un ton plein de sous-entendus.

Je trouvais ça vraiment écœurant que ses enfants restent seuls avec une baby-sitter alors qu'ils venaient chez lui uniquement le week-end. Parce qu'il était obligé d'aller travailler, passe encore, mais pour sortir avec ma mère le soir !

– J'ai trouvé une charmante jeune fille, répondit Jim en souriant. Elle a gardé Andrew et Karen ce matin pendant que j'étais au bureau. Ils l'aiment beaucoup.

– Ah, bon ! fis-je.

Jim posa les paquets sur la table et commença à les ouvrir, tandis que Samuel et moi sortions les assiettes, la nappe et les couverts en argent. Je fis une grimace à Samuel, pour lui montrer ce que je pensais du dîner, mais lui semblait content.

– Merci, c'est vraiment sympa ! s'exclama-t-il.

En fait, Samuel et Charlie aiment bien Jim. Une fois, Samuel a même gardé ses enfants. En ce qui me concerne, il n'en est pas question, je ne ferai jamais ça. Je parie que ce sont de sales gosses !

– M'man, est-ce qu'il reste du chili ?

Maman me fusilla du regard et ne répondit pas à ma question.

– Qu'est-ce qui ne va pas, Kristy ? voulut savoir Jim. Je pensais que ça te ferait plaisir de manger chinois.

– D'habitude, oui. Mais ce soir ça ne me dit rien.

Jim eut l'air peiné. Quand la table fut mise, chacun se servit de porc au soja, de poulet aux noix de cajou, de bœuf aux champignons noirs et de toutes les autres choses qu'il avait apportées. Je mourais de faim et j'adorais la cuisine chinoise, surtout le poulet aux noix de cajou, mais je ne tenais pas à lui faire plaisir. Comme il ne restait plus de chili, je me fis une tartine au beurre de cacahouètes et à la confiture de fraises. J'ai mis le tout dans mon assiette et je me suis mise à grignoter le bord de la tartine pour lui donner la forme d'un bonhomme de neige. J'étais sur le point de lui manger la tête quand Jim s'adressa à moi :

– Alors, comment ça va, Kristy ?

– Bien.

– Et l'école ?

– Ouais.

– Qu'as-tu fait de nouveau et d'intéressant ?

– Rien.

– Dis donc Jim, mon club d'échecs a gagné son troisième tournoi hier, annonça Samuel pour lui venir en aide.

Samuel déteste quand je snobe Jim. Il ne comprend pas pourquoi je suis comme ça.

Jim mit une seconde pour retrouver le fil de la conversation, puis il reprit :

– Quoi, Sam… ? Ah ! son troisième tournoi ? C'est formidable !

– Et tu sais quoi ? s'exclama David Michael. Maman va m'acheter un nouveau Playmobil. Un des plus géniaux !

– C'est formidable ! s'enthousiasma Jim. Mais tu sais, je ne connais pas grand-chose à ces poupées. Je ne crois pas qu'Andrew joue avec.

– Bien sûr que si, lui fis-je remarquer d'un air désinvolte, mais vous ne le savez pas car vous n'êtes pas assez souvent avec lui. Tous les garçons jouent aux Playmobil.

Je regardai maman du coin de l'œil. J'avais l'impression que de la fumée allait lui sortir du nez. Elle semblait vouloir me faire comprendre que j'allais avoir de gros problèmes. Mais ça ne m'arrêta pas.

– En plus, on n'appelle plus ça des poupées. N'est-ce pas David Michael ?

Il hocha la tête en riant.

– Et Karen a sûrement une poupée Barbie, continuai-je. Ça vous dit quelque chose, Bar-bie ?

A ce moment-là, maman fit bruyamment tomber sa fourchette dans son assiette. Elle se leva si vite qu'elle faillit renverser sa chaise.

– Kristy, fais immédiatement des excuses à Jim pour ce que tu viens de dire et file dans ta chambre.

– Mais, fis-je poliment, je n'ai pas fini ce délicieux dîner.

– Kristy-Amanda Parker ! Je l'exige.

Je me levai.

– Désolée, Jim, marmonnai-je.

Je quittai la cuisine et montai les marches des escaliers sans me presser. Arrivée à mi-chemin, je me mis à hurler par-dessus mon épaule :

– Je suis vraiment désolée que vous soyez un père pareil !

Je courus dans ma chambre et claquai la porte.

A vrai dire, Jim est un très bon père. Karen, Andrew et leur mère vivent ici à Stonebrook, et Jim ne refuse jamais de garder ses enfants. En plus, il passe tous ses congés avec eux et n'oublie jamais la date de leurs vacances (mon père, lui, oublie tout le temps les nôtres). Mais je ne supporte pas que Jim se mêle de nos affaires. Il n'est pas de la famille après tout.

Maman et Jim sont partis sans me dire bonsoir.

J'avais vraiment honte de ce que j'avais fait. Avant de me coucher, j'ai laissé un mot sur le lit de maman :

Ma chère maman,
Je suis désolée d'avoir été si insolente. Je vois que je n'ai pas encore appris grand-chose sur le tact. J'espère que tu t'es bien amusée.
Je t'embrasse fort.
Kristy.

Le lendemain matin, quand je me suis réveillée, j'ai trouvé un mot de maman près de mon oreiller :

Ma chère Kristy,
Je t'embrasse fort, moi aussi.
Maman.

« A cinq heures vingt-cinq, je commençai à suivre des yeux l'aiguille des minutes de ma montre. A cinq heures et demie pile, le téléphone sonna. »

6

Le mercredi après-midi, je piquai un sprint jusqu'à la maison et fouillai tout le jardin à la recherche du *Stonebrook News* (le livreur le lance toujours n'importe où). Je le trouvai sous un pied de pivoines. Je laissai tomber toutes mes affaires dans l'herbe, m'assis au beau milieu du jardin et feuilletai les pages à toute allure jusqu'à la rubrique des petites annonces. La cinquième annonce en haut à droite de la troisième colonne était bien la nôtre ! Elle disait ceci :

LE CLUB DES BABY-SITTERS
VOUS CHERCHEZ UNE BABY-SITTER ?
COMPOSEZ UN SEUL NUMÉRO ET JOIGNEZ
QUATRE BABY-SITTERS D'UN COUP.
APPELEZ LE 5-3231
LU-ME-VE : 17 H 30 - 18 HEURES

Nous aurions voulu en dire plus, mais l'employé du journal nous avait dit que le prix de l'annonce était à la ligne. Et la nôtre était déjà assez chère : tout l'argent du club y était passé. Malgré tout, c'était terriblement impressionnant de voir notre pub dans le *Stonebrook News.* C'était dément d'être dans le journal !

– Hé, Kristy ! Qu'est-ce que tu fais ?

Claudia arrivait en courant, avec son sac qui ballottait dans son dos.

– Regarde ! criai-je. La voilà ! Notre annonce est là, dans le journal !

– Où ? Fais voir !

Claudia traversa la pelouse en courant et tomba à genoux à côté de moi. Je pointai mon doigt sur l'annonce.

– Waouh ! s'écria-t-elle. Si on réussit à distribuer aujourd'hui tous les prospectus qui nous restent, on aura peut-être des appels vendredi.

– Exact !

J'en aurais crié à tue-tête et sauté dans tous les sens.

– Allons chercher Mary Anne pour nous aider, proposa-t-elle.

– Et Lucy ?

– Elle ne pourra pas, elle m'a dit tout à l'heure qu'elle était prise cet après-midi.

– Pourquoi ?

– Je sais pas. Allez viens ! Tu es prête ?

– D’accord. Laisse-moi juste le temps de poser mon sac à la maison et de voir si Cathy est arrivée. C’est elle qui garde David Michael aujourd’hui.

Cathy et mon petit frère jouaient aux petits chevaux sur la véranda. J’attrapai les prospectus qui restaient sur mon bureau et filai rejoindre Claudia.

– Maman a fait six autres photocopies hier. C’est tout ce que j’ai, dis-je.

– J’en ai encore cinq.

Nous avons rejoint Mary Anne, à qui il en restait cinq aussi, puis nous sommes parties en vélo jusqu’à Quentin Alley, à quelques rues de chez Lucy. Là, on a mis nos derniers prospectus dans les boîtes aux lettres.

– Et voilà, c’est fait ! fis-je à Claudia et à Mary Anne.

Elles reprenaient leur souffle.

– Maintenant, il n’y a plus qu’à se reposer et à attendre les appels.

– Ok, approuva Claudia.

– Ok, répéta Mary Anne.

Deux jours plus tard, tous les membres du Club des baby-sitters, terriblement impatients, étaient réunis dans la chambre de Claudia. Nous avions prévenu les gens qu’ils pouvaient nous appeler entre dix-sept heures trente et dix-huit heures, mais nous nous étions toutes débrouillées pour venir un peu plus tôt.

J’étais arrivée la première. Je frappai à la porte

de la chambre de Claudia, maintenant ornée d'une petite affiche sur laquelle on pouvait lire :

CLUB DE BABY-SITTERS
HORAIRES : LU-ME-VE 17 H 30 - 18 HEURES

– Entre ! me cria-t-elle.

Il n'était que quatre heures et demie, mais je la trouvai assise en tailleur sur son lit, avec le téléphone sur ses genoux et la main cramponnée au combiné.

– Le téléphone ne va pas s'envoler, tu sais !

Elle grimaça, embarrassée :

– Je sais, mais je suis tellement excitée…

En fait, je l'étais aussi.

– Et moi donc ! hurlai-je alors.

Je traversai la chambre en courant et sautai sur le lit.

– J'ai attendu ce vendredi toute la semaine. Qu'est-ce qui va se passer à ton avis ? Ça devrait marcher. Je suis persuadée que nous aurons au moins quelques appels. Nous en aurons, hein ?

Je lui arrachai le téléphone des mains pour le poser sur mes genoux.

Quelqu'un frappa à la porte. Ça ne pouvait pas être pour une demande de baby-sitting. A moins que…

Claudia et moi, on s'est regardées, anxieuses.

– C'est sûrement Mary Anne.

– Tu as raison. Entre ! cria Claudia.

La porte s'ouvrit.

C'était Jane. « Oh non, pas elle », pensai-je.

Jane s'éclaircit la voix.

– Hum ! dit-elle, j'ai étudié de près votre affichette sur la porte et je me demande si, par hasard, vous n'auriez pas commis une petite erreur.

Je me levai d'un bond et me précipitai vers la porte pour voir ce qui clochait.

Baby-sitters était correctement écrit. Claudia n'avait pas oublié les deux t. Toutes les abréviations étaient justes aussi.

Je posai mes mains sur mes hanches.

– Qu'est-ce qui ne va pas ? demandai-je.

– Eh bien, commença Jane, l'air pincé, je ne suis pas tout à fait sûre que vous ayez commis une erreur. J'hésite seulement entre Club de baby-sitters ou Club des baby-sitters. Le « de » est assez anonyme, alors que le « des » fait beaucoup moins impersonnel. A dire vrai, l'un et l'autre sont corrects mais je ne sais si…

– Salut, tout le monde !

La voix de Lucy résonna dans l'escalier comme le son chaleureux d'une corne de brume dans une nuit de brouillard.

– Sauvées ! murmurai-je.

Lucy grimpa les escaliers et je la fis vite entrer dans la chambre de Claudia. Je fermai la porte, laissant Jane dehors se creuser la tête pour résoudre l'énigme du « de » et du « des ».

Mary Anne arriva peu après et, par chance, ne rencontra pas Jane.

Il était cinq heures cinq.

Nous nous sommes assises toutes les quatre sur le lit de Claudia.

Silence profond.

A cinq heures dix, Claudia se leva, sortit de son armoire une boîte sur laquelle était marqué ESPADRILLES, l'ouvrit et nous fit passer des bonbons acidulés aux fruits. Comme d'habitude, Lucy refusa.

A cinq heures vingt-cinq, je commençai à suivre des yeux l'aiguille des minutes de ma montre.

A cinq heures et demie pile, le téléphone sonna. Je poussai un cri de victoire.

– Ça marche ! Incroyable ! hurla Mary Anne.

Claudia en cracha son bonbon.

– Laissez-moi répondre, laissez-moi répondre ! cria-t-elle.

Elle décrocha brusquement et dit poliment :

– Bonsoir, ici le Club des baby-sitters.

Puis, elle fit la grimace et me tendit le combiné.

– Kristy, c'est ta mère.

A mon tour, je recrachai mon bonbon.

– M'man ! m'exclamai-je. Ce sont nos heures de travail. Tu n'es pas censée… Quoi ? Qu'est-ce qu'il y a ? Oh !

Je me calmai.

– Une minute, s'il te plaît.

Je mis la main sur le combiné.

– Maman a besoin d'une baby-sitter pour David Michael ! Cathy ne peut pas venir mercredi prochain.

Tout le monde cessa de parler.

– Notre agenda est là, reprit Claudia. Voyons ! Mary Anne, ce jour-là tu vas chez le dentiste et, moi, j'ai cours de dessin. Il reste Kristy et Lucy.

– Attends une minute, maman.

Qui choisir ? Je n'avais jamais vraiment pensé à ce qu'il fallait faire si on était plusieurs à être libres.

– C'est ton frère, déclara Lucy, c'est à toi de prendre le boulot.

– Mais si c'est toi qui le prends, ça te fera connaître des gens nouveaux. Tu verras sûrement Samuel et Charlie, mes grands frères, répliquai-je.

– Frères ?

Les yeux de Lucy s'allumèrent. Et elle poursuivit :

– Mais que feras-tu pendant ce temps-là ?

– Écoute, j'espère bien avoir un baby-sitting, moi aussi, répondis-je assez énervée. Accepte, Lucy, je ne veux pas que mon premier client du club soit ma propre mère.

– Ok, si tu insistes, dit lentement Lucy.

Puis elle ajouta en grimaçant :

– Merci.

– Pas de quoi, fis-je.

J'enlevai ma main du combiné :

– Maman, Lucy viendra garder David Michael mercredi. A l'heure habituelle, d'accord ? D'où est-ce que tu m'appelles ?... Ah, du bureau.

Claudia me donna un coup de coude.

– Arrête d'occuper la ligne. Quelqu'un d'autre pourrait vouloir nous joindre.

Je hochai la tête.

– Maman, je dois te laisser. A tout à l'heure… d'accord… d'accord… Bye.

Je raccrochai.

Le téléphone sonna à nouveau, juste après. Claudia me regarda, l'air de dire : « tu vois ! ».

– Je peux ? demanda Mary Anne.

– Bien sûr, lui dis-je.

Elle décrocha.

– Bonsoir, ici le Club des baby-sitters.

Il y eut un long silence.

– Je pense que vous faites erreur. Il n'y a pas de Marco Bartolini à ce numéro.

Elle raccrocha.

A six heures moins vingt, le téléphone sonna une troisième fois. On s'est toutes regardées.

– A toi, Kristy, décida Mary Anne. C'est toi la présidente.

– D'accord… Bonjour, vous êtes bien au Club des baby-sitters… oui… oui. Un instant, s'il vous plaît.

Je mis la main sur le combiné.

– L'une de vous connaît-elle une certaine madame Keever ? Elle habite Quentin Alley.

Les filles firent non de la tête.

– Qu'est-ce qu'elle a ? voulut savoir Claudia.

– Deux enfants, Max et Puc.

– Max et Puc ! cria Lucy. Max et Puc ?

– Chuut ! fis-je en fronçant les sourcils.

– Quel âge ont-ils ? continua Mary Anne.

– Je ne sais pas. Attendez… Madame Keever ?

Nous avons besoin d'un petit renseignement. Quel âge ont Max et Puc ? Oh ! D'accord.

Je me tournai vers les membres du club :

– Elle dit qu'ils ont trois ans. Ils doivent être jumeaux.

– Pour quand a-t-elle besoin d'une baby-sitter ? s'informa Mary Anne.

– Mercredi après-midi. Je suppose qu'il n'y a que moi de libre, alors…

Après tout ! Ça me permettrait de connaître d'autres gens. J'acceptai le baby-sitting et notai les renseignements dont j'avais besoin. Puis, Mme Keever me posa une foule de questions sur mon âge, mon expérience de baby-sitter et tout ça.

En raccrochant le téléphone, je regardai Mary Anne.

– Secrétaire, note ces premiers rendez-vous dans l'agenda.

Je lui tendis le carnet et elle se mit au travail.

Les deux appels suivants étaient encore pour Marco Bartolini.

Claudia commençait à s'énerver.

– Enfin, c'est vraiment bizarre, remarqua-t-elle, j'ai déjà eu des erreurs de numéro, mais jamais personne n'a demandé Marco Bartolini. Surtout pas trois fois de suite.

A six heures moins cinq, Mary Anne se leva.

– Il faut que j'y aille, annonça-t-elle.

Elle enfila son pull et croqua bruyamment dans un bonbon.

Le téléphone sonna. Lucy répondit et me tendit l'appareil.

– C'est encore ta mère, Kristy.

Je fronçai les sourcils.

– Maman ? Cathy va être absente un autre après-midi ? Oh... Oh... Non. Pas moi. Je ne veux pas les garder. Tu sais ce que j'en pense. D'accord, attends deux secondes... Jim a besoin d'une baby-sitter pour ses enfants samedi matin prochain, expliquai-je aux autres. Et il est hors de question que j'y aille.

– J'irai, accepta Mary Anne. Je suis très curieuse de les voir. Pas toi, Kristy ?

Je mourais d'envie de voir à quoi ressemblaient les deux petits monstres de Jim, mais je refusai de l'admettre :

– Pas vraiment. Mais vas-y, toi !

Mary Anne s'apprêtait à partir quand le téléphone sonna pour la septième fois.

– J'y vais, fit Mary Anne. Allô ?... Quoi ?

Ses nattes se sont pratiquement dressées sur sa tête. Elle prononça quand même :

– C'est un garçon au bout du fil... il dit qu'il s'appelle Marco Bartolini. Il veut savoir s'il y a eu des appels pour lui !

– Tu rigoles ! s'exclama Claudia.

– Oh ! Attends une seconde ! criai-je tout à coup.

J'arrachai le téléphone des mains de Mary Anne.

– Samuel, c'est toi ?

– Non, fit la voix à l'autre bout du fil, c'est Marco Bartolini, je me demandais si...

– Samuel, espèce de crétin ! Le baby-sitting est un travail important. Je le dirai à maman !

Je raccrochai furieusement.

– Calme-toi ! fit Mary Anne.

Claudia et Lucy s'esclaffèrent.

– Je crois que c'était une blague, commenta Claudia.

– Sans aucun doute, oui, rétorquai-je.

– Allez, arrête ! Avoue que c'est plutôt marrant. C'est mieux que : « Je suis bien à la boucherie Sanzos ? » ou un truc de ce genre.

– Ouais, peut-être.

La première heure de bureau du club finissait sur une note amère... et la soirée n'allait rien arranger.

En rentrant à la maison, je racontai à maman ce que Samuel avait fait. Alors il me traita à son tour de crétine et une dispute éclata :

– C'est toi le crétin, pas moi.

Mais Samuel continua :

– Petite crétine !

Et je hurlai :

– Tu veux me rendre dingue, ou quoi ?

Et Samuel répéta encore plus fort :

– Mais tu veux me rendre dingue ou quoi ?

Maman interdit alors à Samuel d'utiliser le téléphone pendant les heures de permanence du club et m'envoya dans ma chambre.

Comme Jim devait venir chez nous, ça tombait plutôt bien.

Juste avant que maman et Jim ne sortent, le téléphone sonna. C'était Claudia. Maman me donna le droit de sortir de ma chambre pour répondre.

– Je viens juste d'avoir un appel, m'annonça Claudia. Madame Newton. Elle avait besoin de quelqu'un demain, alors j'ai accepté.

Mme Newton ?

– Super, Claudia !

Mais en raccrochant, j'avais le moral à zéro. C'est moi qui garde Simon d'habitude. Claudia aurait dû en parler aux autres membres du club avant de prendre le baby-sitting pour elle. Ce n'est pas parce que c'est son téléphone qu'elle doit profiter de tous les baby-sittings. Et pourquoi Mme Newton avait-elle composé ce numéro après six heures, alors que c'est moi qu'elle aurait dû appeler ? C'est à croire que les gens se moquent complètement des horaires et des numéros de téléphone. C'est scandaleux ! Après tout le mal que nous nous étions donné pour les prospectus et la pub dans le journal !

A neuf heures, je transmis la nouvelle à Mary Anne avec la lampe et elle me répondit :

PAS DE CHANCE

« Bon, pensai-je en me couchant avec Foxy qui se roula en boule à mes pieds, j'irai bientôt chez de nouvelles personnes. Mercredi, je ferai la connaissance de Max et Puc Keever. Les nouveaux baby-sittings sont toujours intéressants. »

J'étais loin d'imaginer à quel point celui-ci le serait.

“ Tout à coup, je devins méfiante. Dans quel pétrin m’étais-je fourrée ? Ces Keever me semblaient vraiment bizarres. J’étais peut-être tombée dans un piège ! ”

7

Le mercredi suivant, j’étais fin prête pour faire ma première garde d’enfants pour le Club des baby-sitters. Je ne tenais plus en place ! J’étais tellement impatiente de voir Max et Puc ! J’allais garder des jumeaux pour la première fois. Je me demandais comment ce serait. Ils me feraient peut-être des farces ! Et pourquoi ces surnoms de Max et Puc ? J’allais bientôt le savoir.

Peu après l’école, je me rendis à pied à Quentin Alley. J’avais prévu d’être un peu en avance, au cas où j’aurais eu du mal à trouver la maison de Mme Keever. Elle m’avait dit qu’elle habitait au 52, Quentin Alley. Je repérai le côté des numéros pairs puis je commençai à longer les habitations. Arrivée au numéro 52, je m’arrêtai et regardai la maison. C’était une petite maison à deux étages, tout à fait charmante, peinte en blanc, avec des volets noirs bien nets. Pourtant, quelque chose clochait, mais je ne savais pas quoi. Après un instant, je compris. Il n'y avait aucune trace d'enfants.

Pas de jouets dans le jardin, pas de baskets près du paillasson, pas de dessins collés aux fenêtres. J'espérais que Max et Puc ne seraient pas des enfants trop ennuyeux. Mon enthousiasme faiblit un peu, mais je respirai un grand coup, avançai résolument vers la porte d'entrée et sonnait.

Silence. Pas de course dans le couloir, aucun cri de joie comme quand je sonne chez les Newton.

Un moment après, la porte s'ouvrit. Une jeune femme potelée et coquettement habillée se tenait devant moi en souriant. « Bon, pensai-je, au moins, la mère de Max et de Puc a plutôt l'air sympathique. »

– Bonjour, fit-elle.

– Bonjour, je suis Kristy Parker. Je viens garder Max et Puc, vos jumeaux.

Il y eut un silence, puis la dame reprit :

– Ah, oui. Mais entrez donc.

Je pénétrai dans une très jolie pièce. Pourtant à nouveau, quelque chose n'allait pas, et je mis un moment à réaliser quoi. Enfin je compris. Non seulement Max et Puc devaient être deux enfants de trois ans très calmes, mais aussi très soigneux !

La pièce était pleine de porcelaines et de cristaux : des grands vases de Chine, des statuettes transparentes et des assiettes bleues reposaient sur de délicates étagères. Tout était fragile. Chez nous, entre David Michael, les ballons de basket, les balles de base-ball et les copains qui vont et viennent, des trucs fragiles comme ça sont impensables.

Le salon était protégé par des barrières pour bébé, ce qui expliquait la porcelaine, mais ça ne devait pas être très amusant pour Max et Puc.

Je remarquai également que je n'entendais ni voix ni rires d'enfants. Tout à coup, je devins méfiante. Dans quel pétrin m'étais-je fourrée ? Ces Keever me semblaient vraiment bizarres. J'étais peut-être tombée dans un piège ! Non, c'était idiot. J'ai regardé Mme Keever en souriant.

– Bien, où sont Max et Puc ?

– Ils sont dans la buanderie, m'annonça-t-elle.

Dans la buanderie ? Ils étaient donc punis ? Ça m'arrivait d'être furieuse contre David Michael, mais jamais je ne l'aurais mis dans la buanderie.

– Permettez-moi de me présenter, poursuivit la dame, je suis mademoiselle Hargrave, la nièce de madame Keever. Ma tante est absente pour quelques jours, c'est pourquoi elle vous a appelée pour garder Max et Puc. J'ai un rendez-vous important cet après-midi et il est impossible de les laisser seuls.

C'est sûr, s'ils ont trois ans…

– Ils sont un peu turbulents, ajouta Mlle Hargrave.

– Oui, oui, dis-je d'un air entendu, en cherchant les signes d'une vie agitée dans cette maison si calme. Faites-les sortir de la buanderie, ils ont sûrement envie de jouer. Je pourrai peut-être aller les promener près du ruisseau ?

– Ce serait parfait, répliqua Mlle Hargrave, mais vous aurez du mal à vous en tirer.

– Oh ! Ne vous inquiétez pas, j'ai de l'expérience. Max et Puc sont des filles ou des garçons ? demandai-je.

– En fait, ça n'a pas beaucoup d'importance…

Pas d'importance ?

– … mais, Max est un garçon et Puc une fille.

– Ah, parfait !

J'essayai de rester souriante, mais tout ça me paraissait de plus en plus étrange.

– Bon, je vais vous présenter ! se décida Mlle Hargrave. Maintenant, tenez-vous prête.

Nous étions tout près de la cuisine.

Mlle Hargrave me prévint alors :

– Les deux monstres de ma tante sont prêts à enfoncer la porte.

J'ouvris de grands yeux.

– Vraiment ?

– Oui reculez !

Je reculai. J'aurais aimé reculer comme ça jusque chez moi !

Mlle Hargrave ouvrit la porte. Deux énormes saint-bernard, poilus et baveux, s'élancèrent dans l'entrée en aboyant et en se bousculant, prêts à tout renverser sur leur passage.

Je hurlai :

– Je dois les garder, eux aussi ?

– Eux aussi? répéta Mlle Hardgrave. Qui d'autre voulez-vous garder ?

– Mais… Max et Puc !

– Mais, ma chère, ce sont Max et Puc !

– Mais… mais… bafouillai-je, je suis baby-sitter, je ne garde pas les chiens !

Mlle Hargrave avait l'air ennuyé.

– Je ne sais pas ce que vous a raconté ma tante, reprit-elle enfin, mais voilà les chiens et vous voilà vous. Quant à moi, il faut absolument que je parte.

– Mais… mais… bégayai-je.

– Écoutez, ce n'est pas si difficile ! Notre jardin n'a pas de clôture, mais vous pourrez les y promener en laisse, ou rester avec eux dans la cour. Vous pouvez jouer en toute tranquillité avec eux, ils ne s'échapperont pas. Leurs ballons sont dans la boîte près de la porte et leurs laisses sont accrochées à côté. Ils mangent à quatre heures et demie précises – une boîte de Friskies chacun – et ils ont droit à un biscuit en plus comme récompense. Le numéro des urgences est noté sur le téléphone de la cuisine en cas de pépin. Des questions ?

Je secouai la tête, ahurie.

Max et Puc reniflaient dans tous les coins et bondirent autour de Mlle Hargrave quand elle mit son manteau pour prendre le taxi qui l'attendait dehors.

Tremblante, je fis sortir les chiens dans la cour, en n'oubliant pas leurs ballons. Ils se mirent à courir devant moi. J'envoyai doucement un ballon rouge dans leur direction. Je ne savais pas trop ce qu'ils allaient en faire. Quand je lance une balle à mon chien, il court après sans conviction et s'en lasse vite. Mais pas ces deux-là. Ils se battaient pour le ballon, se bousculant pour essayer de se le prendre. Mais je n'aurais pas su dire lequel le prenait à l'autre, tant ils se ressemblaient.

Je me mis à genoux et tapai dans mes mains.

– Allez, le chien ! Rapporte le ballon !

Ça m'était égal de savoir si c'était Max ou Puc.

Et soudain l'un d'eux fonça droit sur moi. Je connaissais bien ce genre de jeu. Foxy adore faire ça lui aussi. Il court vers moi, s'arrête à la dernière seconde et change brusquement de direction.

Mais pas ce chien-là. Il courut droit sur moi et je fus engloutie sous un amas de poils et de pattes, dans un concert assourdissant d'aboiements joyeux. Vraiment ! Tant qu'un chien ne vous a pas piétiné le visage, vous ne savez pas encore ce que c'est que la vie !

Je m'assis et me frottai les joues et les yeux. Je n'avais rien. Je me relevai en vacillant. Je regardai autour de moi. Oh non ! Les chiens étaient partis ! Je croyais (leur maîtresse me l'avait assuré) qu'ils resteraient dans la cour avec moi. Ils ne se préoccupaient peut-être plus de quelqu'un qu'ils avaient pratiquement assommé !

– Puc ! criai-je. Max !

Aucune réponse.

– Puuc ! Maax !

Je courus devant la maison. Pas de chiens en vue.

Je regardai dans la rue, à droite et à gauche. Pas de chiens non plus.

Je revins dans la cour et regardai à nouveau.

Ouf, ils étaient là. Mais malheureusement pas dans la cour des Keever, non, dans la cour des voisins. Ils fonçaient droit sur moi et sur une corde où pendait du linge.

– Max, Puc, non !

Trop tard. En passant, ils firent tomber le linge et le piétinèrent avant de s'arrêter à deux pas de moi, en aboyant comme des fous. L'un d'eux (ou était-ce l'une ?) avait une petite nappe blanche accrochée à la queue. L'autre tenait une petite culotte entre ses crocs.

– Sales chiens ! criai-je. Couchés !... Couchés !

Je ramassai la nappe et la culotte, et jetai un coup d'œil inquiet vers la maison d'à côté.

Tout semblait calme. Il n'y avait peut-être personne. Par chance, la corde à linge avait tenu bon.

Je voulais raccrocher le linge, mais que faire de Max et de Puc ? Si j'allais dans la cour d'à côté, ils me suivraient sûrement ou tenteraient de s'échapper. Je ne savais comment m'y prendre. Ça commençait presque à me devenir égal.

A ce moment précis, une voiture vint se garer dans l'allée des voisins. Il fallait absolument que je fasse quelque chose. Quelqu'un pouvait venir détacher le linge d'une seconde à l'autre.

– Eh, vous deux, allez chercher vos ballons ! ordonnai-je aux chiens tout en reculant lentement vers la corde à linge.

Les deux saint-bernard observèrent leurs jouets, mais se mirent à me suivre. Quand je fus près de la corde, les chiens étaient toujours avec moi.

– Ne bougez pas, ordonnai-je d'une voix autoritaire.

Je fixai la nappe et la culotte de travers sur la corde avec une pince à linge qui traînait et revins en courant à toute allure vers la cour des Keever.

Les chiens galopèrent derrière moi. Ils adoraient ce jeu.

Parfait. Ils allaient me suivre jusque dans la maison. C'était exactement ce que je voulais.

Une fois à l'intérieur, on n'est plus sorti de tout l'après-midi. Je ne leur faisais plus assez confiance pour les laisser dehors, même tenus en laisse. J'ai regardé la télé pendant que les chiens mâchonnaient leurs ballons en bavant. A un moment, ils ont recommencé à se battre mais il a suffi que j'ouvre la porte de la buanderie pour qu'ils se calment aussitôt.

Quand Mlle Hargrave est rentrée, j'avais pris une décision importante. Les membres du club devraient tenir un journal de bord. Après chaque baby-sitting, nous y raconterions nos mésaventures, et les autres devraient les lire. Nous profiterions ainsi des expériences de chacune et avec un peu de chance, nous ne referions plus les mêmes erreurs. Par exemple, plus de garde de chiens.

Je courus à la maison, impatiente de commencer le journal.

Mon premier baby-sitting était terminé. J'avais gagné 3 dollars et 50 cents.

“Claudia m’a raconté qu’à ce moment-là, elle se sentit un peu dépassée par les événements. Elle n’avait aucune idée de ce que voulaient faire les petits Feldman.”

8

Jeudi, 25 septembre

Kristy dit que nous devons tenir un journal et y noter chaque expérience de baby-sitting. Mon premier job du club, c'était samedi dernier. Je devais garder Simon Newton, mais il n'y avait pas que Simon, il y avait aussi ses trois cousins. Quatre enfants à la fois! Mme Newton ne m'avait pas dit ça au téléphone.

En tout cas, il y avait Simon, plus Rosie, qui a trois ans, plus Brenda qui a cinq ans et Rob qui en a huit. Et ils étaient complètement déchaînés!

Ça n'a pas été facile pour Claudia, chez les Newton, c'est certain ! Elle m'a téléphoné dimanche pour tout me raconter. J'étais bien contente de ne pas y être allée.

Mme Feldman, la sœur de Mme Newton, était de passage à Stonebrook, avec son mari et ses trois enfants. Les adultes étaient invités à un vernissage dans une galerie d'art ou un truc comme ça, et Mme Newton avait appelé le club pour demander une baby-sitter. Mais, ce n'est pourtant pas son genre, elle avait oublié de dire à Claudia que c'était pour garder Simon et ses trois cousins. C'est sûrement parce qu'elle est enceinte et qu'elle pense surtout au bébé. D'habitude, elle est sérieuse et fiable. Elle prévient toujours la babysitter au moindre changement. Cette fois, elle avait dû oublier : quand Claudia est arrivée le samedi matin, il y avait quatre enfants à garder.

Et Claudia a eu un tas de problèmes.

Apparemment, Simon et Rosie ne s'entendaient pas ; Brenda, à peine remise de la varicelle, était grognon, très grognon ; et Rob détestait les filles, et notamment Rosie, Brenda, la mère de Simon, sa propre mère et toutes les baby-sitters filles !

Quand Claudia entra dans le salon, Rob boudait à un bout du canapé en râlant :

– Toutes des idiotes, ces filles. Pourquoi c'est une imbécile de fille qui nous garde ?

Brenda pleurait et s'agrippait aux jambes de sa mère, ce qui rendait leurs déplacements difficiles. Rosie et Simon se battaient.

Rosie essayait d'arracher quelque chose des mains de Simon.

– C'est à moi ! hurlait Simon indigné.

– Non, c'est à moi ! criait Rosie en filant dans les escaliers.

Simon lui courait après.

– Non, c'est à moi !

– A moi !

– A moi !

(Claudia me dit que la maison en tremblait presque.)

– Les filles ne jouent pas avec des camions. C'est mon camion de déménagement ! Donne-le !

– Noooooon !

Comme les parents n'étaient pas encore partis, Claudia ne savait pas trop si c'était à elle ou à eux d'arrêter la bagarre. Elle était sur le point d'intervenir, quand Mme Feldman réussit à se débarrasser de Brenda et se mit à courir après Simon et Rosie. Elle les prit par la main et descendit les escaliers, en leur parlant patiemment :

– Simon, parfois les filles aussi aiment jouer avec des camions. Comme Brenda et Rosie par exemple. Quant à toi Rosie, tu n'as pas de camion comme celui-là. Tu as dû te tromper. Celui-ci appartient à Simon…

– Tu vois ! triompha Simon en tirant la langue à Rosie qui lui fit aussitôt la même grimace.

– Rosie, va chercher le tracteur qui est dans ton sac, continua Mme Feldman. Tu as apporté trois camions, tu t'en souviens ? Maintenant je te fais confiance pour jouer gentiment avec Simon.

Simon et Rosie se regardaient avec méfiance.

Brenda fondit à nouveau en larmes et s'agrippa à sa mère.

La situation ne s'était pas tellement améliorée quand les parents de Simon et les Feldman quittèrent la maison.

Claudia considérait le salon avec angoisse.

Rob regardait autour de lui avec dégoût. Son regard tomba sur Simon, qui tournait le dos à Rosie et poussait une ambulance en faisant de grands bruits de sirène.

– Hé, Simon ! s'exclama Rob. Viens, laissons donc ces sales filles, d'accord ?

Il défia Claudia du regard.

– D'ac, répliqua vaguement Simon occupé à jouer avec son ambulance.

– Où voulez-vous aller ? demanda Claudia.

– Je ne te le dirai pas, lança Rob en tirant Simon par le poignet.

Claudia traversa la pièce à toute vitesse et bloqua la porte du salon. Rob tira alors Simon derrière lui et l'entraîna vers l'entrée de la salle à manger. Claudia s'interposa de nouveau.

– Où vas-tu ? insista-t-elle. Je suis ta baby-sitter et je dois savoir.

– Tu veux m'empêcher de sortir, hein ?

– Pas du tout. Mais je ne te laisserai pas sortir sans savoir où tu vas.

Rob se mit à courir dans tous les sens en poussant des cris stridents. Il lâcha Simon et attrapa sa sœur. Simon, tout surpris, tomba par terre.

– Avons-nous déjà eu une baby-sitter aussi méchante ? demanda Rob en colère.

– Non ! dit Rosie.

– Non ! renifla Brenda, toujours en larmes.

– Est-ce qu'on va la laisser faire ?

– Non ! crièrent ses sœurs.

– Alors, en avant !

Claudia m'a raconté qu'à ce moment-là, elle se sentit un peu dépassée par les événements. Elle n'avait aucune idée de ce que voulaient faire les petits Feldman. Elle comprit vite.

Rosie se mit à courir en rond dans le salon, en hurlant à pleins poumons. Brenda grimpa sur le canapé des Newton et se mit à sauter comme sur un trampoline. Et Rob pointa ses doigts vers Claudia comme avec un revolver et la visa.

– Pan ! Pan ! Pan-Pan-Pan ! Tu es un homme mort !... Une femme morte, je veux dire.

Simon regardait, abasourdi.

A ce moment, Claudia paniqua et voulut appeler Lucy à son secours. Mais Simon, tranquillement assis par terre, lui donna une idée. Quand elle était petite et que Jane, sa sœur, ou elle était insupportable, leur mère chuchotait à leur père :

– Ignorons-la.

Et c'est ce qu'ils faisaient.

Claudia décida d'utiliser la même méthode pour les Feldman. Elle s'assit près de Simon, prit *Les Aventures de Jeannot Lapin* sur un fauteuil et commença à lui lire l'histoire. Simon posa sa tête contre l'épaule de Claudia.

Brenda sautait et sautait encore.

– Olé ! Olé ! hurla Rosie en se précipitant contre Claudia.

Elle ne leva même pas les yeux et continua à lire son histoire.

– Pan ! cria Rob. Pan !... Hé ! Baby-sitter, je te tue !... D'accord ?... Baby-sitter ?

– Pas maintenant, dit posément Claudia, je suis occupée.

Elle poursuivit sa lecture.

Le vacarme cessa. Brenda s'assit près de Claudia et essaya d'écouter sans paraître trop intéressée.

Rosie courait encore autour du salon, mais elle s'arrêta de hurler et, chaque fois qu'elle passait près de Claudia, elle ralentissait pour pouvoir regarder les images du livre.

A la fin de l'histoire, Simon, Rosie et Brenda étaient sages comme des images.

Claudia les installa sur le canapé. Elle prit *Max et les maximonstres*, l'ouvrit et lut le passage où Max, déguisé en loup, fait plein de bêtises.

– Autant de bêtises que moi ? s'étonna Rob à l'autre bout de la pièce.

– Pas vraiment, répliqua Claudia. Mais si tu viens avec nous, tu verras ce qui va lui arriver.

Rob ne répondit pas, mais il se percha sur un des bras du canapé et écouta l'histoire de Max et, après celle-là, deux autres encore.

C'est ainsi que se termina, dans le calme, le premier baby-sitting de Claudia pour le club. Il aurait pu s'intituler : *Comment apprivoiser les enfants Feldman.*

« C'est vrai que Lucy s'est bien plue chez moi, mais c'est parce qu'elle a fait la connaissance de Charlie. Lucy est folle des garçons et mon frère raffole des filles. »

9

Jeudi 25 septembre

Hier, j'ai gardé le petit frère de Kristy, David Michael. Kristy nous a demandé de tenir un journal du club, pour garder une trace de nos aventures de baby-sitters.

David Michael a été très gentil.

Pendant que Kristy poursuivait ses deux éléphants, Fax et Muc ou je ne sais plus comment, j'ai passé un bon moment avec David Michael. Il est vraiment adorable.

C'est vrai que Lucy s'est bien plu chez moi, mais c'est parce qu'elle a fait la connaissance de Charlie. Lucy est folle des garçons et mon frère raffole des filles. Ils se complètent bien. Depuis mercredi, elle n'arrête pas de parler de Charlie. Ce qui lui plaît, à elle qui n'est qu'en cinquième au collège, c'est qu'il est au lycée. Pour un garçon du lycée, plutôt mourir que de sortir avec une fille plus jeune – sauf si c'est une beauté. Je suppose que les cheveux blonds bouclés de Lucy, son allure soignée et surtout le fait qu'elle vienne de New York, la rendent très séduisante.

Lucy est arrivée chez moi au moment où David Michael rentrait. Je lui ai fait une présentation ultrarapide de notre maison (ne sachant pas si Charlie ou Samuel seraient bientôt là).

– Voici la cuisine, le lave-vaisselle, cassé, David Michael peut goûter, cookies dans la boîte, rien après quatre heures et demie, il est allergique au chocolat, oh, voici Foxy il posera aucun problème, tous les numéros de téléphone sont dans le répertoire, celui de maman est sur le téléphone, tu sais où je serai, la télé est dans la salle de jeux, nous n'avons pas le droit d'utiliser le magnétoscope quand maman n'est pas là, David Michael aime les petits chevaux, ils sont dans le meuble près de la chaîne, regarde s'il y a un mot du maître dans son cartable, des questions ?

Lucy fit non de la tête.

– Bon.

Je me suis agenouillée devant mon petit frère et je lui ai expliqué :

– David Michael, c'est mon amie Lucy. Elle va te garder aujourd'hui.

Il hocha la tête. Il a l'habitude des baby-sitters.

– Je vais faire du baby-sitting pas loin d'ici. Je serai de retour vers cinq heures. Oh, j'allais oublier ! Lucy, mes grands frères s'appellent Charlie et Samuel. Samuel a seize ans et Charlie quatorze. Je ne sais pas ce qu'ils font cet après-midi. Il se peut qu'ils passent. Amusez-vous bien !

Et je sortis en courant.

Lucy m'a raconté qu'elle s'était assise à la table de la cuisine avec David Michael et qu'ils avaient goûté ensemble. Charlie a déboulé à ce moment-là. Il avait l'air en colère. Il brandissait son poing dans son gant de base-ball. Mais il s'arrêta net, quand il aperçut Lucy dans la cuisine.

D'après Charlie, Lucy est une super jolie fille. D'après Lucy, Charlie est un super beau mec.

En entendant ça, j'ai pensé à l'allure qu'ils ont et je me suis demandé ce qu'ils pouvaient bien se trouver ! (Je ne m'intéresse absolument pas aux garçons. Mais je me rendais bien compte que savoir ça pourrait me servir un jour.)

Je me suis souvenue que Lucy portait un ensemble gris, avec un dix jaune sur le devant. Ses cheveux étaient retenus par des barrettes rouges laquées. Des petites étoiles d'argent pendaient à ses oreilles. Le tout faisait très décontracté, mais un peu bébé. Et elle buvait un verre de lait.

Charlie avait plutôt belle allure, avec ses cheveux bruns bouclés, ses yeux bleus et brillants et ses taches de rousseur. Ce jour-là, il portait un jean élimé, qu'il avait pourtant promis à maman de jeter, mais il n'avait jamais pu s'y résoudre. Pour compléter, il était très en colère.

Alors, d'où venaient la super jolie fille et le super beau mec ? Etaient-ce les boucles blondes ? Les taches de rousseur ? Je n'arrivais pas à comprendre.

De toute façon, Charlie s'est vite calmé et Lucy a vite terminé son lait, en prenant soin de ne pas se faire une moustache blanche.

Charlie posa ses livres et son gant sur la table, s'assit et croisa les jambes en se passant la main dans les cheveux. Je l'avais déjà vu faire ça. Il pense que ça lui donne un air décontracté et désinvolte. Lucy et Charlie se mirent à parler en même temps.

– Je suis Lucy, l'amie de Kristy.

– Tu dois être Lucy.

– Oh ! fit Lucy flattée. Kristy t'a parlé de moi ?

– Ah oui ! Enfin, elle m'a prévenu que tu viendrais faire la baby-sitter aujourd'hui. Je voulais passer chez un copain, William, mais… mais je crois qu'il a des choses à faire. Je vais rester dans le coin.

– J'peux avoir un biscuit ? les interrompit David Michael.

Lucy regarda l'heure.

– Je pense que oui. Mais tu crois que tu auras encore faim pour le dîner ?

– Oui ! affirma-t-il avec assurance.

David Michael attrapa un paquet de gâteaux, l'ouvrit, en prit un et en tendit un autre à Charlie.

– Tiens, t'en veux ?

– Bien sûr.

Charlie prit le biscuit, le coupa en deux et en donna un bout à Lucy.

– Oh… non merci, refusa-t-elle.

– Tu dois être celle qui fait un régime, ajouta Charlie, Kristy m'a dit qu'une de ses amies était au régime. C'est le signe d'une grande volonté.

– Je suppose.

Lucy se leva.

– Bon, proposa-t-elle à David Michael, et si on jouait aux petits chevaux ?

– Youpi !

– Je joue aussi, déclara Charlie. Nous pourrions faire un concours. Le premier qui gagne deux fois sera élu champion du monde des petits chevaux.

– Toi, tu veux jouer ? s'exclama David Michael les yeux écarquillés.

– Ouais, bien sûr.

– Mais tu ne joues jam…

– Hé ! Frérot, tes lacets sont défaits.

– Ah bon ?

David Michael regarda ses pieds.

Il portait des baskets fermés par du Velcro.

– Je n'ai pas de lacets.

– Exact minus ! ricana Charlie qui sortit en courant de la cuisine.

– Toi… toi… je le dirai ! cria David Michael.

– Hé, petit morveux ! appela Charlie depuis la salle de jeux. Viens ! On ferait mieux de commencer maintenant si on veut avoir le temps de finir.

David Michael, Lucy et Charlie s'installèrent par terre, sur la moquette. Ils jouaient encore quand je suis rentrée de chez les Keever.

Plus tard, dans ma chambre, Lucy m'a raconté qu'ils avaient passé un moment super, mais que Charlie n'arrêtait pas de taquiner David Michael et l'accusait de tricher. Lucy ne savait pas si elle devait rire avec Charlie, parce qu'elle voulait lui plaire, ou prendre le parti de David Michael, parce qu'elle était sa baby-sitter. Finalement, elle avait fait les deux. Moi, je lui ai raconté Max et Puc Keever, et Lucy a ri aux larmes.

Des quatre membres du club, c'est finalement Lucy qui a eu le baby-sitting le plus facile.

Mary Anne, elle, a vécu une aventure qui fait froid dans le dos. Et plutôt intéressante… enfin, je trouve.

“Elle avait à peine fini sa phrase qu'elle remarqua qu'on remontait un store au premier étage de chez Mme Porter. Un visage tout ridé avec un grand nez était collé contre la vitre.”

10

Samedi 27 septembre

Je ne sais pas pourquoi Kristy fait tant d'histoires au sujet des enfants de Jim. Ils sont adorables. Je suis sûre que Kristy les aimerait si elle les gardait, ne serait-ce qu'une fois. J'espère que tu me croiras, Kristy, quand tu liras ça.

Kristy dit que ce journal de bord doit nous servir à décrire nos expériences et nos problèmes, surtout nos problèmes. Et il y en a eu chez Jim.

Quand je dis qu'Andrew et Karen sont adorables, je veux dire qu'ils sont surtout adorables à voir. Mais Karen est un vrai poison. C'est le premier problème. L'autre c'est Boo-Boo le chat. Mais le plus gros problème, c'est Mme Porter, leur voisine. La prochaine d'entre nous qui ira garder Karen et Andrew devra absolument se méfier de Boo-Boo et de Mme Porter.

Jim était allé chercher Mary Anne en voiture chez elle le samedi matin à neuf heures moins le quart et l'avait conduite chez lui car il vivait trop loin pour qu'elle puisse y aller à vélo. D'après Mary Anne, Jim avait été charmant, ce qui est la moindre des choses. Il fait toujours des efforts particuliers pour être gentil avec moi, car il sait que je ne l'aime pas trop. Alors, il devait bien se montrer sympa avec ma meilleure amie.

Mary Anne m'a raconté que Jim vivait dans une grande et belle maison. J'imagine qu'il a beaucoup d'argent. D'ailleurs, il en faut pour en dépenser autant : acheter à manger chinois pour un oui ou pour un non et sortir avec ma mère presque tous les soirs ! En tout cas, la maison est immense, et Andrew et Karen ont de belles chambres avec des tas de jouets. Mary Anne n'en avait jamais vu autant. Il y avait d'énormes peluches, des poupées partout, un joli petit train électrique, des voitures, des vélos, un théâtre de marionnettes, des déguisements… C'était incroyable. Un vrai magasin de jouets ! Non seulement Jim est apparemment un bon père, mais il est aussi très organisé quand il reçoit une baby-sitter. Tout d'abord, il présenta Mary Anne à Andrew et à Karen, qui venaient juste d'arriver. Puis, il lui montra où elle pouvait trouver de quoi préparer le déjeuner et lui donna une liste de numéros de téléphone au cas où.

Et enfin, il alla chercher Boo-Boo.

D'après ce que m'a dit Mary Anne, Boo-Boo

est un vrai fléau. Une horreur de chat ! Il est gris, avec de grands yeux jaunes assez beaux, mais il est obèse. Un vrai oreiller sur pattes. Quand il marche, son ventre frotte le sol et quand il essaie de courir, il balance de gauche à droite. C'est le chat le plus bouffi qu'elle connaisse.

– Il pèse neuf kilos, annonça fièrement Karen.

– Nous pensons qu'il est bon pour figurer dans le *Guiness des records*, ajouta Jim.

Mary Anne ne comprenait pas pourquoi Jim lui montrait Boo-Boo. D'accord, il était vraiment très, très gros. Et alors ? Vu son poids, elle n'aurait sûrement pas besoin de lui donner à manger pendant son absence.

Jim se racla la gorge et ajusta ses lunettes.

– Il faut que je te dise certaines choses sur Boo-Boo, avoua-t-il. La première chose, c'est que Boo-Boo mord si on le provoque. Il griffe aussi.

– C'est un chat de garde, insista Karen.

Jim poursuivit :

– Le mieux à faire est de l'éviter. Je l'aurais bien enfermé pendant mon absence, mais il n'aime pas trop ça. Essaie de l'ignorer.

Mary Anne hocha la tête.

– Quoi qu'il arrive, ne le touche pas, la prévint Jim.

Mary Anne hocha à nouveau la tête.

– Bon. Je crois que c'est tout. Des questions ?

– Non, tout est clair.

– Et Mme Porter, papa, fit Karen.

– Oh ! Je crois qu'elle est en vacances. Ce n'est pas la peine d'en parler.

Il se tourna vers Mary Anne.

– Mme Porter est une dame âgée qui vit à côté. Elle est un peu originale, et Karen est persuadée que c'est une sorcière. Ce qui n'est pas vrai, bien sûr, mais elle n'aime pas les animaux en général, et Boo-Boo en particulier. Nous essayons de les tenir à l'écart l'un de l'autre. Bon, je pars, les enfants.

Jim embrassa Andrew et Karen.

– Je serai de retour à une heure et demie.

Mary Anne se demandait comment distraire les enfants quand Karen se mit à engager la conversation. C'était une bavarde infatigable.

– On est divorcé, annonça-t-elle. Nos parents ne vivent pas dans la même maison.

– Ouaip, approuva Andrew.

Il était assis dans un petit tracteur à pédales.

– Notre maman va se remarier.

– Ouaip, répéta Andrew en pédalant en rond dans la salle de jeux.

– Nous aurons une maman et deux papas.

– Ouaip !

Andrew recula dans la bibliothèque.

– Et si notre papa se remarie, alors combien de papas et de mamans on aura Andrew ?

– Ouaip.

Mary Anne pouffa de rire.

– Allez, venez. Il y a un beau soleil. Allons jouer dehors, d'accord ?

– Oh ! super ! s'enthousiasma Karen. J'ai une nouvelle poupée, c'est papa qui me l'a achetée. Elle n'a pas pris de bain de soleil depuis longtemps, je crois qu'elle aimerait bien bronzer un peu. Les poupées bronzent, tu sais. Elles sont comme nous, elles peuvent tout faire : dessiner, danser…

Mary Anne en avait le tournis. Elle emmena les enfants dans le grand jardin de Jim. Andrew prit son tracteur et installa Boo-Boo dessus.

– Il a le droit de faire ça ? demanda Mary Anne à Karen. Votre père a dit de ne pas toucher à Boo-Boo.

– Oh, il voulait dire que c'était toi qui ne devais pas le toucher. Boo-Boo ne te connaît pas, mais il nous connaît, nous. Il ne nous ferait pas de mal.

Karen reprit son souffle et continua :

– Tu vois cette maison, juste à côté ?

Mary Anne regarda entre les arbres. Dans la propriété d'à côté, il y avait un immense manoir avec des pignons, des tourelles et un porche sombre en bois noir sculpté. La peinture était écaillée, et un des volets pendait. Mary Anne me raconta plus tard que c'était lugubre et inquiétant.

– Oui ?

– C'est là qu'habite la sorcière. N'est-ce pas Andrew ?

Andrew rentra dans un arbre avec son tracteur et Boo-Boo fut projeté par-dessus bord.

– Ouaip.

– C'est Mme Porter, une véritable sorcière. Son vrai nom, c'est Morbidda Destiny. C'est des grands dans la rue qui me l'ont dit. Elle mange des crapauds et elle jette des sorts et elle vole sur un manche à balai toutes les nuits pour aller à des réunions de sorcières.

Mary Anne fixait la maison, en se rongeant les ongles. Elle ne savait pas trop quoi dire à Karen. Si elle lui disait qu'elle ne croyait pas à cette histoire, elle la décevrait et ce ne serait pas un très bon début pour une baby-sitter. Si elle l'approuvait, elle lui mentirait. Finalement elle demanda :

– Tu crois à ces histoires sur Morbidd... Mme Porter ?

Karen hocha la tête.

– J'ai une preuve.

– Vraiment ?

– Ouais. La preuve, c'est Boo-Boo. C'est Mme Porter qui l'a fait grossir. Un jour, quand Boo-Boo était encore gentil et mince, il est entré dans le jardin de Mme Porter et a arraché ses fleurs. Alors elle est sortie et lui a hurlé dessus. Le lendemain, il a commencé à grossir. Alors, maintenant, on tient Boo-Boo éloigné de la maison de Mme Porter. On ne veut pas qu'elle lui jette un nouveau sort. Le faire grossir, ce n'était pas si méchant, mais elle pourrait faire quelque chose de vraiment terrible.

– Ne vous inquiétez pas pour aujourd'hui,

puisqu'elle n'est pas chez elle, les rassura Mary Anne.

Elle avait à peine fini sa phrase qu'elle remarqua qu'on remontait un store au premier étage de chez Mme Porter. Un visage tout ridé avec un grand nez était collé contre la vitre.

Karen aussi le remarqua. Elle poussa un cri strident :

– Aaah ! C'est Morbidda Destiny ! Elle est là ! Où est Boo-Boo ? Où est Boo-Boo ?

Mary Anne se sentit soudain effrayée. Elle savait bien que les sorcières n'existaient pas mais le visage à la fenêtre n'était pas des plus amicaux. Et Andrew qui pleurait et Karen qui paniquait !

– Bon, fit-elle en essayant de garder son calme.

Elle se rappela que Jim lui avait parlé de Mme Porter comme d'une vieille dame originale.

– Attrapez Boo-Boo, vous deux.

– Nous ne pouvons pas, sanglota Karen. Je le vois. Il est...

Sa gorge se serra. Elle tendit son doigt vers le jardin de la voisine et parvint à articuler :

– ... il est chez Morbidda Destiny !

– Ne bougez pas, je m'en charge, fit Mary Anne.

Mais elle se souvint aussitôt que Jim lui avait conseillé de ne pas approcher Boo-Boo.

– Elle n'est plus à la fenêtre ! cria Karen. Elle descend, j'en suis sûre.

– D'accord, d'accord. Karen, je te confie

Andrew quelques minutes. Reste avec lui et surveille-le. Je reviens tout de suite.

Mary Anne m'a raconté que son cœur battait à toute allure quand elle a traversé le jardin de Jim et qu'elle s'est retrouvée tout près du manoir de Mme Porter. Le gros chat était à quelques pas d'elle, au milieu d'un bosquet de chrysanthèmes qu'il arrachait joyeusement.

– Boo-Boo, appela doucement Mary Anne.

Elle jeta un coup d'œil à la maison. Aucun signe de Mme Porter. Elle n'avait peut-être pas vu le chat.

– Boo-Boo, appela de nouveau Mary Anne, viens ici.

Elle fit claquer ses doigts.

Boo-Boo ne leva même pas la tête.

– Ouh, ouh ! Boo-Boo !

Mary Anne se rapprocha. Le matou s'était assis et se faisait les griffes sur un arbre.

– Boo-Boo. Hé, sale chat ! appela une voix rauque.

Mary Anne crut que son cœur allait cesser de battre. Elle se retourna et, en même temps, elle entendit Karen hurler. Derrière elle, il y avait… la sorcière. Mme Porter ou Morbidda Destiny ou je ne sais qui était vêtue de noir de la tête aux pieds. Ses cheveux étaient gris et secs. Elle avait une grosse verrue au bout du nez. « Comme dans les contes », me dit plus tard Mary Anne. Elle avait un râteau dans la main, que Mary Anne prit tout d'abord pour un balai.

– Ce satané chat, grogna Mme Porter en agitant son râteau, arrache mes chrysanthèmes.

– Je sais. Je sais. Je suis désolée. J'essayais de le récupérer.

Mary Anne décida d'ignorer l'avertissement de Jim. Elle avança dans le jardin et s'approcha de Boo-Boo.

Il se mit à grogner et à donner des coups de pattes, toutes griffes dehors.

Mary Anne sauta en arrière.

– Voilà ce que c'est, fillette, gloussa alors Mme Porter.

Elle s'approcha à son tour de Boo-Boo et agita furieusement son râteau vers lui. Le chat ouvrit de grands yeux. Il bondit par-dessus le bouquet de chrysanthèmes jaunes et fila en un éclair. Par chance, il s'était réfugié dans le jardin de Jim. Mme Porter secoua encore son râteau dans sa direction.

– Malotru ! cria-t-elle.

Et elle regagna sa maison visiblement furieuse.

Mary Anne l'entendit grogner :

– Les gosses, les animaux, maudits fléaux !

De retour dans la cour, Mary Anne trouva Karen en pleurs.

– Tu as entendu ? C'est un sort !

– Quoi, malotru ? Mais non, ce n'est pas un sort. C'est un vrai mot qui signifie quelque chose. C'est une injure qu'elle a lancée à Boo-Boo, pas un sort.

– Tu es sûre ? demanda Karen.

– Sûre et certaine, n'est-ce pas Andrew ?

– Ouaip.

– Pas moi, insista Karen, pas moi.

– Écoute, continua Mary Anne, as-tu déjà vu Morbidd... Madame Porter mélanger des herbes ou aller chercher des pattes de chauve-souris ?

– Non...

– L'as-tu vue broyer des champignons vénéneux ou faire bouillir des choses dans un grand chaudron ?

– Non.

– Alors comment peux-tu dire qu'elle lance des sorts ? conclut Mary Anne triomphante.

– C'est une sorcière. Elle peut faire tout ce qu'elle v... Hé ! hurla Karen en montrant quelque chose du doigt.

Mary Anne sursauta. Elle regarda immédiatement dans le jardin de Mme Porter s'apprêtant à voir la vieille femme s'agiter sur la pelouse dans sa drôle de robe noire, mais il n'y avait aucune Morbidda Destiny en vue. C'était Boo-Boo que montrait Karen.

– Regarde-moi ça, s'écria-t-elle. Il devient fou.

Et c'est vrai que Boo-Boo avait l'air un peu fou, m'avoua Mary Anne plus tard. Elle vit le chat traverser le jardin à toute vitesse, stopper net, courir en rond, détaler en sens inverse et grimper à un arbre.

– Rien d'étonnant pour un chat, déclara Mary Anne un peu inquiète pourtant. Les chats font des choses bêtes comme ça tout le temps.

Mary Anne n'avait jamais eu de chat, aussi ne savait-elle pas grand-chose sur eux.

– Boo-Boo ne fait jamais ça, observa Karen en se serrant contre Mary Anne. Il est trop gros et trop vieux pour ça.

Mary Anne prit Karen et Andrew par la main. Tous les trois immobiles, ils observaient le matou. Maintenant installé dans son arbre, on l'aurait dit prêt à s'endormir.

– Pssit ! murmura Karen au bout d'un moment. Morbidda Destiny est à nouveau à sa fenêtre… et elle regarde par ici.

C'était vrai, le visage ridé se pressait encore contre la vitre. La sorcière porta sa main droite à son nez…

… et Boo-Boo se redressa, dérapa, glissa et dégringola finalement de l'arbre. Il retomba sur ses pattes et fila comme une flèche derrière Mary Anne et les enfants.

– Oh, nooon ! sanglota Karen.

Mary Anne lui serra la main. Boo-Boo escalada les marches du perron et attendit devant la porte.

– Je crois que ce serait une bonne idée de le faire rentrer, décida Mary Anne. Comme ça, au moins, il ne pourra plus retourner dans le jardin de madame Porter.

Mary Anne ouvrit la porte et Boo-Boo se précipita à l'intérieur. Il alla droit à la buanderie, sauta dans un panier à linge et s'y installa. Mary Anne, Karen et Andrew purent déjeuner tranquillement. Chaque fois que Mary Anne lui jetait un coup d'œil, Boo-Boo la regardait à travers les trous du panier et miaulait.

Mary Anne essaya d'expliquer à Karen que tout ça n'était que des coïncidences, sans savoir trop ce que ce mot voulait dire, puis elle laissa tomber.

– Papa ! hurla Karen en se précipitant dans les bras de Jim dès qu'il rentra. Elle a jeté un sort !

Jim rit.

– Ne dis pas de bêtises, ça n'existe pas les sorts.

Mais, à ce moment-là, même Mary Anne n'en était pas convaincue. Elle fut bien soulagée de rentrer chez elle.

« En rentrant à la maiso[illegible] j'ai trouvé Jim, affalé sur le [illegible] salon, en train de lire le jou[illegible]tement comme s'il habitait chez nous depuis des années. »

11

Le mercredi suivant, Claudia, Mary Anne, Lucy et moi avons tenu notre réunion du club dans la chambre de Claudia. Il était six heures moins le quart et le téléphone avait déjà sonné deux fois. Le premier appel était de Mme Keever. Je lui ai dit que Max et Puc étaient très mignons mais que nous n'étions pas des baby-sitters pour chiens. Le second appel, c'était quelqu'un que nous ne connaissions pas. C'est Lucy qui décrocha.

– Allô ? Ici le Club des baby-sitters.

– Allô ! Mon nom est madame Marshall. J'habite Rosedale Street. J'ai eu votre prospectus dans ma boîte aux lettres. J'aurais besoin d'une baby-sitter pour vendredi soir.

– Aucun problème, répondit Lucy. Voici quelques précisions sur notre club : nous sommes

…atre et nous avons toutes douze ans. Le vendredi nous pouvons, enfin l'une d'entre nous peut, garder les enfants jusqu'à dix heures.

– C'est parfait alors, répliqua Mme Marshall. Mon mari et moi allons juste dîner dehors. Nous serons de retour vers neuf heures et demie environ.

– Ok, fit Lucy, Et combien d'enfants avez-vous ?

– Deux. Nina a trois ans et Eleanor un an.

– Avez-vous des animaux ?

(Les gens sont parfois un peu surpris quand on leur pose cette question, mais Mme Marshall ne l'a pas été du tout.)

– Nous avons un chat, mais il est très gentil.

– Avez-vous des recommandations particulières à faire à la baby-sitter ?

Mme Marshall réfléchit. Ha, ha ! Il y a toujours des recommandations particulières.

– Voyons… Il faut mettre des gouttes dans les oreilles d'Eleanor qui vient d'avoir une otite. Elle pleure pas mal et s'agite beaucoup mais, à la fin, elle se tient tranquille et se laisse faire.

Ça n'avait pas l'air si terrible.

– D'accord ! conclut Lucy. Le temps de voir qui est disponible et je vous rappelle.

Comme vous pouvez le constater, nous avions beaucoup appris pendant ces dernières semaines.

Claudia prit le baby-sitting, car Lucy était mystérieusement occupée ce soir-là (elle n'a jamais voulu nous dire ce qu'elle avait fait exactement).

Quant au père de Mary Anne et à ma mère, ils paniquent si nous ne sommes pas rentrées à neuf heures et demie pile. Par contre, quand Claudia arrive en retard, ses parents ne s'inquiètent pas, enfin, pas trop.

Après avoir rappelé de nouveau Mme Marshall, je proposai :

– Et si on calculait combien nous avons déjà gagné ?

– Bonne idée ! s'exclama Lucy.

Elle adorait tout ce qui touchait aux chiffres.

J'ouvris notre agenda et lus ce que nous avions touché pour chaque baby-sitting. On arrivait à un total de 26 dollars et 75 cents.

– Hé ! ce n'est pas si mal ! m'écriai-je. Vous savez ce qu'on devrait faire ? Si nous mettions chacune trois dollars, nous pourrions nous offrir une soirée pizza samedi soir.

– Ouais ! Pour fêter notre club ! cria Claudia surexcitée. Parce que c'est un succès !

– On aura aussi du Coca et des Smarties ! ajoutai-je.

– Toutes les cochonneries qu'on aime ! continua joyeusement Mary Anne.

Lucy restait silencieuse.

– Oh ! Lucy, fis-je tout à coup. Excuse-moi, on avait oublié ton régime. Peut-être que…

– Ça ne fait rien, coupa Lucy. De toute façon, je ne pourrai pas venir. Nous allons à… à… New York vendredi. Et je ne serai jamais de retour à temps pour notre soirée.

– Ce n'est pas si loin New York, fit remarquer Claudia.

– Oui, mais il y a beaucoup de choses à finir, le déménagement, tout ça…

Claudia fronça les sourcils.

– Je croyais que tout était terminé ?

– Pas tout à fait. Et en plus, nous avons beaucoup d'amis à voir là-bas. Oups ! Il est six heures, il faut que je parte. Bye !

Et Lucy fila.

Nous nous sommes toutes regardées, absolument déconcertées.

En rentrant à la maison ce soir-là, j'ai trouvé Jim, affalé sur le canapé du salon, en train de lire le journal. Exactement comme s'il habitait chez nous depuis des années ! Je n'ai pas pu m'empêcher de lui faire une grimace. Par chance, il ne m'a pas vue. Je voulais me faufiler dans la cuisine sans avoir à lui parler quand je l'entendis m'interpeller :

– Tiens, bonjour Kristy !

– Salut, marmonnai-je.

Comme je ne trouvais rien d'autre à ajouter, j'entrai dans la cuisine.

Maman y était. Elle sortait des légumes et des restes du réfrigérateur pour le dîner.

– Salut, ma chérie ! C'était comment à l'école ?

– Ça a été. Hum, maman, Jim est dans le salon.

Maman me sourit.

– Je le sais, bécasse. Il est arrivé avec moi. Je suis allée le prendre au bureau.

– Il reste pour dîner ?

Maman se mit à couper une tomate.

– Oui, bien sûr.

– Est-ce que tu sais que c'est la troisième fois qu'il vient dîner ici depuis la semaine dernière ?

– Kristy…

– Qu'a-t-il apporté cette fois ? Des plats grecs ? italiens ?

– Rien, répondit tranquillement maman. Il vient finir les restes.

Ce n'était décidément pas bon signe. Ça signifiait que Jim était chez lui ici, et que maman n'avait plus du tout besoin de l'impressionner. Ça voulait dire aussi qu'ils se sentaient de plus en plus proches. Ça voulait dire enfin que Jim se sentait aussi de plus en plus à l'aise avec mes frères et moi. Pas bon signe du tout, tout ça !

Maman m'observait.

– Qu'est-ce qu'il y a ?

– Mon chou, s'il te plaît, tu ne voudrais pas monter dans ta chambre et mettre une robe ?

– Une robe ! Pour quoi faire ?

Je me trouvais très bien dans ma tenue de collège. En plus, j'ai horreur de porter des robes, je n'y peux rien !

– Parce que c'est moi qui te le demande, voilà pourquoi. Mets la robe bleu et blanc que nous avons achetée ensemble, d'accord ?

Je poussai un soupir.

– D'accord.

En haut, mes trois frères étaient devant leurs

glaces en train de se coiffer. Ils portaient des pantalons et des chemises propres.

– Mais qu'est-ce qui se passe ? demandai-je à Samuel.

Il haussa les épaules :

– Un truc avec Jim. Maman nous a demandé de nous habiller correctement.

Je fis une grimace terrible, celle qu'aucun cinquième n'arrive à faire, pas même les garçons : les yeux blancs en retournant les paupières.

– Kristy, ne fais pas le bébé, me gronda Charlie. C'est vraiment nul.

– C'est dégoûtant ! ajouta David Michael.

– Désolée.

J'aidai mon petit frère à boutonner sa chemise puis je mis ma robe bleu et blanc. Je ne me coiffai pas exprès et je descendis. Mes frères aidaient maman et Jim à mettre la table. Maman allumait des bougies.

– Maman, peux-tu me dire ce qui se passe ? Pourquoi tout ce cinéma ?

– Parce que nous fêtons quelque chose.

– Avec des restes de poulet ?

– Ce que nous mangeons n'a pas d'importance. Je veux simplement que tout ait un air de fête.

– Pourquoi un air de fête, hein ?

Maman et Jim se regardèrent. Il lui fit un clin d'œil.

– Tu verras bien, déclara maman.

– Maman, je ne me sens pas très bien.

Ma mère me lança un regard mauvais.

– Ça suffit, Kristy ! se fâcha-t-elle.

– Ok, ok, ok…

Quelques minutes plus tard, nous étions tous assis autour de la table qui était presque aussi décorée qu'à Noël. Maman avait mis une nappe verte et nous mangions dans le beau service en porcelaine. Chacun avait un verre à vin. Maman et Jim étaient cependant les seuls à en boire. Celui de David Michael et le mien étaient remplis de lait. Ceux de Charlie et de Samuel, de Schweppes. Restes et Schweppes. Quel dîner !

Quand tout le monde se fut servi, maman se mit debout et leva son verre.

– Aujourd'hui n'est pas un jour comme les autres, commença-t-elle.

Je retins mon souffle.

– Jim m'a demandé si je voulais bien officiellement devenir sa fiancée.

– C'est super, maman ! s'exclama Samuel.

– Félicitations, ajouta Charlie.

– Ouais ! hurla David Michael, tout à fait dans l'ambiance.

– Ça veut dire quoi ? demandai-je.

– Ça veut dire que ta mère ne souhaite pas encore que je lui offre une bague de fiançailles, me répondit Jim en souriant.

« Bien joué, maman », pensai-je.

– C'est vrai, mais j'y réfléchis, observa-t-elle.

– Alors, fit Samuel, si les fiançailles sont à un pas du mariage, ça veut dire que vous, vous en êtes à deux pas ?

Maman et Jim éclatèrent de rire.

– C'est à peu près ça, reconnut maman.

Parfait. Rien ne changeait pour le moment alors.

– Si vous vous mariez, insistai-je, où vivrons-nous ?

– Je ne sais pas, mon chou, fit maman. Nous n'y avons pas encore pensé.

– Est-ce qu'on devra changer d'école ?

– Je ne s...

– ... est-ce que Karen et Andrew vivront avec nous aussi ? Tu continueras à travailler ? Est-ce que papa te versera encore une pension alimentaire ?

– Kristy, je ne sais pas. Bon, maintenant assez de questions. Fêtons cette bonne nouvelle. Nous nous préoccuperons de toutes ces choses plus tard. Mange ton... mais qu'est-ce que tu manges ?

– Des Fingers. Des Fingers et du steak froid.

– Eh bien, mange tes Fingers et ton steak.

Alors là, tout le monde se mit à rire.

Je me forçai à sourire. Je me forçai vraiment. Je n'arrivais pas à y croire. Pourquoi maman prenait-elle le risque de se remarier ?

Mon seul espoir était qu'elle reprenne ses esprits avant qu'il ne soit trop tard, et que la famille redevienne comme avant, sans Jim.

“Mais c’est à propos de Lucy qu’est arrivée la chose la plus bizarre. Il était onze heures et demie environ. J’avais décidé d’appeler chez les MacDouglas pour savoir s’ils étaient rentrés.”

12

Le Club des baby-sitters avait prévu d’organiser sa soirée pizza pour samedi en fin d’après-midi.

Vendredi soir, nous nous sommes retrouvées chez Claudia. Nous avons mis notre argent en commun, mais nous n’avions que neuf dollars au lieu de douze, parce que Lucy n’était pas là. Elle était partie pour New York, avec ses parents, juste après notre retour du collège.

– Lucy m’a dit à la cantine qu’elle ne serait pas de retour avant demain matin ou même demain soir, nous expliqua Claudia.

– Quoi qu’il en soit, je me demande bien ce que nous allons faire pour cette soirée.

– Je ne sais pas, répliqua Claudia de sa voix douce.

– Je crois que nous devrions la repousser, proposa Mary Anne, en se contorsionnant pour attraper un tube de Mentos caché sous l'oreiller de Claudia.

Et elle poursuivit :

– Ça serait plus marrant si tout le club était là. Nous pourrions faire la soirée le week-end prochain.

– Mais nous pourrions quand même faire une soirée demain, n'est-ce pas ? insista Claudia.

– Oui ! avons-nous approuvé en chœur Mary Anne et moi.

– Alors, pourquoi ne pas faire les courses maintenant, à part les pizzas ? Si Lucy rentre à temps, nous les commanderons à la dernière minute et nous ferons notre soirée. Si elle n'est pas là, nous garderons ce que nous avons acheté pour le week-end prochain. D'accord ?

Nous étions d'accord. Mais tout alla de travers.

Le matin suivant, notre maison était sens dessus dessous. Au réveil, David Michael avait une grippe intestinale. Foxy, en faisant la course dans l'escalier, avait dérapé sur un tapis et s'était blessé à la patte. Maman était morose. Charlie n'arrivait pas à retrouver sa batte de base-ball et Samuel ne s'était pas réveillé à temps pour une réunion très importante de son club d'échecs.

Pour moi tout allait bien, jusqu'à ce que le téléphone sonne. Le premier appel était de Mary Anne. Elle pleurait.

– Mooonpeeevpaaajdépensmoonnaaa, sanglota-t-elle.

– Quoi ? Mary Anne je ne comprends rien. Que se passe-t-il ?

Elle répéta au ralenti.

– Ton père, répétai-je, ne veut pas... dépenser ton argent... pour quoi ? Pour l'épicéa ?... Oh ! Pour les pizzas... tu plaisantes. Tu ne peux pas lui parler ?

– J'ai essayé.

– Que t'a-t-il dit exactement ?

– Que je dois économiser l'argent que je gagne pour des choses utiles, comme les vêtements ou l'école.

– Tu veux dire que tu dois te mettre à payer toi-même tes vêtements ?

– Je ne sais pas. Il ne le sait pas lui-même, d'ailleurs. Il sait juste qu'il ne veut pas que je dépense trois dollars pour des pizzas. C'est tout.

– Quel radin !

– Ouais ! renchérit Mary Anne en se mouchant.

– C'est Claudia qui a tout notre argent. Elle va te rendre le tien. Nous aurons toujours les neuf dollars avec la part de Lucy. Une grosse pizza devrait suffire, pour nous quatre. De toute façon, Lucy n'en mangera pas.

– Écoute, Kristy, je crois que je ne vais pas venir à la soirée. Je ne vais pas vous laisser pay... Une seconde, chuchota-t-elle puis, plus haut : D'accord ! Merci pour les maths, j'ai tout compris maintenant.

– Ton père vient de rentrer ?

– Oui.

– Il faut que tu raccroches alors ?

– Oui. Merci encore. A lundi. Salut Helen.

– Helen ? Ah oui… Bye-bye, Mary Anne.

Mary Anne était la première à m'annoncer qu'elle ne pourrait pas venir à la soirée.

Puis ce fut au tour de Claudia de m'appeler. Elle ne pleurait pas, mais c'était tout comme.

– Devine quoi, m'annonça-t-elle en colère.

– Quoi ?

– Mes parents ont reçu une lettre de l'école ce matin disant que je ne faisais pas assez d'efforts, et qu'il suffirait pourtant que j'y mette un peu du mien pour être une très bonne élève.

– Ah bon, et alors ? Tu reçois ce genre de lettre régulièrement.

– Ouais, mais cette fois papa l'a lue juste avant que je lui parle de notre projet. Et il m'a dit qu'il n'était pas question de soirée pizza pour moi, tant que je ne me mettrais pas à travailler, et il m'a demandé si j'avais des devoirs à faire. Je lui ai dit que oui, alors il m'a assuré que j'allais y passer tout le week-end.

– Un week-end entier pour dix problèmes de maths ?

– Je dois aussi rattraper tout ce que je n'ai pas fait depuis le début de l'année. Je suis désolée, Kristy.

– Moi aussi. Mary Anne ne peut pas venir non plus. Je crois que notre soirée est complètement fichue !

– Pas encore. Je vais essayer de convaincre mes parents. La soirée sera fichue seulement si Lucy ne revient pas à temps.

– Pour moi, c'est toujours d'accord.

– Très bien. Je vais commencer les maths. Mais j'ai une chose à te demander : crois-tu qu'un jour ça nous servira d'avoir appris à multiplier les fractions ? Parce que franchement, à part les profs et les étudiants en maths, tu connais quelqu'un qui fait ça ?

– Non.

– C'est bien ce que je pensais. C'est débile, l'école.

– Au revoir, Claudia.

– Au revoir.

Mais c'est à propos de Lucy qu'est arrivée la chose la plus bizarre. Il était onze heures et demie environ. J'avais décidé d'appeler chez les MacDouglas pour savoir s'ils étaient rentrés. C'est Mme MacDouglas qui m'a répondu. Je me suis présentée et j'ai demandé si Lucy était là. Il y eut un silence. J'avais l'impression que Mme MacDouglas couvrait le téléphone avec sa main, puis elle me dit :

– Je suis désolée, Lucy n'est pas là.

– Oh ! Pourrais-je savoir où elle est allée ?

– Eh bien, elle… Hum… elle est restée à New York chez ses amis. Elle sera là demain soir.

– Merci bien, dis-je d'une voix triste.

J'avais à peine raccroché, que le téléphone sonnait à nouveau.

– Allô ?

– Salut, c'est moi, fit Mary Anne.

– Salut. Ton père a changé d'avis ?

– Tu plaisantes ? Je voulais juste te prévenir que Lucy est rentrée. J'allais chez les Pike en vélo – je t'appelle de chez eux, ils m'ont demandé de faire un baby-sitting – quand j'ai croisé les MacDouglas dans leur voiture. Mais Lucy ne m'a pas vue.

– Mary Anne, tu es sûre d'avoir vu Lucy dans la voiture ?

– Ouais, affirmatif. Elle était assise à l'arrière et portait un des tee-shirts de Claudia. Pourquoi ?

– Je viens de parler à Mme MacDouglas. Elle m'a assuré que Lucy était restée à New York chez des amis. C'est louche tout ça.

– Ouais, approuva lentement Mary Anne. Quelqu'un ment. Et ce n'est pas moi.

– Ouais… et il se peut que ce ne soit pas seulement madame MacDouglas, ajoutai-je.

– Que veux-tu dire ? Et dépêche-toi, je ne peux pas rester trop longtemps au téléphone.

– Il se peut que ce soit Lucy qui ait fait dire ça à sa mère. En général, les mères ne mentent pas. Lucy est si bizarre avec son régime. Elle n'a pas envie de venir à notre soirée. Qu'est-ce qu'elle a donc ?

– Je ne sais pas. Je dois y aller. Salut !

Je raccrochai et commençai à composer rapidement un autre numéro, quand maman est entrée dans la cuisine, l'air toujours aussi grognon.

– Kristy, depuis combien de temps es-tu pendue à ce téléphone ?

– A ce téléphone ? Environ une heure. Mais avec la ligne rouge de la Maison Blanche depuis environ…

– Kristy…, gronda maman menaçante.

– Désolée. Au fait, comment va David Michael ?

– Déjà mieux. Je crois que ses microbes ne feront pas de vieux os.

– Super.

Je retournai vers le téléphone.

– Kristy !

– Plus qu'un appel, maman, c'est important.

– Bon. Un appel. Tu peux traverser la rue, tu sais, pour voir Mary Anne et Claudia. Elles ne sont pas au bout du monde.

– D'accord, d'accord. Le dernier.

J'appelai Claudia et elle répondit à la première sonnerie.

– J'essaie de travailler, me fit-elle remarquer avec mauvaise humeur. Comment veux-tu que j'y arrive si on me dérange sans arrêt ?

– Ce ne sera pas long, je te le promets. Il se passe quelque chose de bizarre avec Lucy. Mary Anne a vu les MacDouglas rentrer il y a un petit moment. Lucy était assise à l'arrière de la voiture. Mais madame MacDouglas m'a dit au téléphone que Lucy avait décidé de rester à New York. Je suis sûre que Lucy était là, près du téléphone et qu'elle a fait dire ça à sa mère parce qu'elle n'avait pas envie de venir à notre soirée.

– Hum, fit Claudia, soudain perplexe. Je me demande ce que ça veut dire. Mais si Mary Anne ne peut pas venir, si Lucy ne veut pas et si moi, je n'en ai pas le droit, je ne vois pas l'intérêt de la faire, cette soirée.

J'approuvai. Nous étions aussi déprimées l'une que l'autre en raccrochant.

Le téléphone sonna à nouveau.

– Kristy ! cria ma mère. Ça suffit avec le téléphone ?

– Tu veux répondre maman ? demandai-je. J'ai fini moi.

– Très bien.

Maman prit l'appareil.

– Allô ? fit-elle brusquement, puis elle se radoucis, Oh, allô.

Ça ne pouvait être que Jim, j'en étais sûre.

– Comment ça va ? Oui ? Oh, non... Eh bien, David Michael est malade... Le Club des baby-sitters ? Il faut que j'en parle à Kristy... Quoi ? Je ne sais pas.... Je suppose, oui. Sûrement... Vingt minutes. Il y aura quelqu'un. Au revoir, chéri.

– Kristy, commença maman avant même d'avoir raccroché, il y a une urgence : Jim a besoin de l'une d'entre vous immédiatement. Il lui faut quelqu'un pour garder ses enfants cet après-midi.

– Oh, maman ! m'écriai-je. Il n'y a que moi de libre !

Je n'avais pas le choix.

« J'étais dans le jardin de Jim et je regardais Andrew et Karen. Les garder était la dernière chose que j'avais envie de faire. »

13

Vingt minutes plus tard exactement, Jim arrivait en voiture avec ses deux enfants. Maman me fit vite monter à côté de lui. Voilà ce qui se passait : l'ex-femme de Jim (la mère de Karen et d'Andrew) s'était cassé la cheville. Elle était aux urgences à l'hôpital. Jim devait y aller pour s'occuper des papiers d'assurance (du moins c'est ce que j'avais compris), rester avec elle, la ramener à la maison et s'assurer qu'elle saurait se servir des béquilles. Tout ça parce que son futur deuxième mari s'était absenté ce week-end ! Et Jim n'avait pas envie que ses enfants traînent à l'hôpital.

Jim fit hurler son moteur. Je n'avais jamais vu quelqu'un d'aussi pressé. S'il avait pu voler, il l'aurait fait.

Je me demandai ce que ressentait maman en le

voyant se précipiter ainsi auprès de son ex-femme. Ça devait lui faire un petit quelque chose, quand même.

Pendant le trajet, Jim parlait à toute vitesse, essayant de me dire tout ce que je devais savoir. J'étais contente d'avoir lu le journal du club avant, parce que Jim ne me racontait rien sur Mme Porter, la vieille sorcière d'à côté, ni sur Boo-Boo-la-terreur. De toute façon, j'avais déjà décidé que je ne laisserais pas Boo-Boo sortir.

– Mes enfants s'appellent Karen et Andrew, mais je pense que tu le sais. C'est l'heure de leur déjeuner. Ils aiment le beurre de cacahouètes et la confiture. Karen t'aidera à trouver tout ce qu'il faut. Les numéros d'urgence sont sur le téléphone, mais s'il y a une vraie urgence pendant que je suis à l'hôpital, appelle ta mère.

– D'accord, fis-je, un peu étourdie.

– Vers deux heures, Andrew fait la sieste. J'aimerais avoir plus de temps pour tout t'expliquer, mais Karen me remplacera, n'est-ce pas, petite citrouille ?

– Oui ! s'exclama Karen.

– Je crois que je t'ai dit l'essentiel.

Jim fit crisser les pneus en s'arrêtant devant une grande maison blanche, dans un des quartiers les plus chics de Stonebrook. Un beau gazon vert parsemé de fleurs et planté de vieux arbres majestueux s'étendait tout autour. A peine sortie de la voiture, je cherchai la maison de la sorcière.

– Soyez gentils, les enfants. Et merci à toi, Kristy. Il faut que tu saches que j'apprécie vraiment ton aide.

Je laissai descendre les petits en tenant la porte arrière de la voiture ouverte.

– Au revoir, crièrent Andrew et Karen.

– A tout à l'heure, fit Jim en démarrant.

Et il disparut.

J'étais dans le jardin de Jim et je regardais Andrew et Karen. Les garder était la dernière chose que j'avais envie de faire.

Je soupirai très fort.

– En avant ! Vous avez faim ?

– Oh oui, répondit Karen. Tu sais ce que j'ai eu au petit déjeuner ? Juste une tartine. Une tartine et un jus d'orange. Je voulais des bonbons, mais maman m'a dit non, parce que c'est pas bon pour la santé. Des fois papa nous laisse en prendre. Papa veut et maman veut pas. C'est pas bête ça ? Je pense que c'est vraiment bête.

– Et toi, Andrew, tu as faim ?

– Ouais.

– Bon. Allons manger alors.

La première chose que je vis en entrant, ce ne fut pas la splendide entrée, ni l'arbuste qui poussait dans le salon, ni le lustre en cristal, ni les vitraux aux fenêtres, mais une créature énorme qui ne pouvait être que Boo-Boo. A tous les coups.

– Bonjour mon gros Boopa-di-Boo, s'exclama Karen, en le serrant dans ses bras. Voilà Boo-

Boo. C'est le chat de papa. Il est très vieux. Papa l'avait déjà avant de connaître maman. Tu sais qu'une sorcière lui a déjà jeté deux sorts ? Elle habite à côté, dans l'horrible maison.

Je soupirai à nouveau. La journée allait être longue.

– Venez. Allons déjeuner.

Dans la cuisine, Karen m'aida à trouver de quoi faire des sandwichs. Puis j'ai découpé des pommes en quartiers et je leur ai servi un verre de lait chacun.

– Miam, fit Karen. Miami-Miama-Miam ! Tu es une bonne baby-sitter. Tu fais bien à manger.

– Ouaip, approuva Andrew.

Karen mangea quelques bouchées de son sandwich, puis tout à coup me regarda très sérieusement, les yeux brillants.

– Est-ce que maman va bien ?

– Mais oui, bien sûr. Une cheville cassée, ce n'est pas trop grave. Elle aura un plâtre et marchera un moment avec des béquilles, mais dans quelques semaines tout ira mieux. C'est amusant d'avoir un plâtre. Tout le monde signe son nom dessus et y fait des dessins.

– Tu as déjà eu un plâtre ?

– L'été dernier, lui expliquai-je. Je me suis cassé la cheville exactement comme votre maman.

– Comment c'est arrivé ?

– J'étais allée promener Foxy, notre chien…

– Tu as un chien ? m'interrompit Karen en

essuyant une moustache de lait, je pourrai le voir un jour ?

– Pourquoi pas ?

Je poursuivis :

– Je promenais donc Foxy, mais j'étais à vélo et j'avais fixé la laisse sur mon guidon pour qu'il puisse courir à côté de moi. Quand nous sommes arrivés près d'un arbre, Foxy est parti d'un côté et moi de l'autre. La laisse s'est enroulée autour du tronc et badaboum ! Je suis tombée de mon vélo.

Karen pouffait de rire. Même le sérieux Andrew fit un petit sourire. Je me sentis mieux. Mary Anne avait raison : Karen et Andrew n'étaient pas trop mal sachant que Jim était leur père !

– J'ai eu un plâtre pendant six semaines. Je n'ai pas pu me baigner de tout l'été.

– Beurk ! s'écria Karen

– Beurk ! répéta Andrew.

Ça changeait agréablement de son « Ouaip » ! Il se remit à manger, lentement et proprement. Pour l'instant, Karen mangeait en silence, et j'aurais juré qu'elle réfléchissait à quelque chose. Finalement, elle posa ce qui restait de son sandwich sur son assiette et dit :

– Tu es Kristy, hein ?

– Oui.

– Ta maman, c'est Edith Parker ?

– Oui.

Futée, la petite.

– Mon papa dit qu'il aime ta maman.

– C'est possible, fis-je un peu embarrassée.

Karen non plus n'était pas très à l'aise. Elle poursuivit :

– S'ils se marient, ta maman sera ma maman.

– Ta belle-maman, je veux dire ta belle-mère. Et tu sais quoi : je serai ta demi-sœur et celle d'Andrew.

– Ouaip, fit ce dernier.

Karen réfléchit à nouveau.

– Ce serait bien.

Et elle ajouta :

– Tu aimes être divorcée, Kristy ?

– Pas vraiment.

– Pourquoi ?

– Parce que je ne vois jamais mon père. Il est parti pour la Californie. C'est très loin d'ici.

– Ooh... Nous non plus on n'aime pas être divorcés, ajouta Karen, mais nous, on voit papa souvent.

– Je sais, dis-je sèchement.

Si je le savais... On me l'avait assez répété ! Jim, le père divorcé idéal !

– Notre maman va se remarier, reprit Karen. Nous on veut pas, hein, Andrew ?

– Ouaip.

– Vous ne voulez pas ?

– Non. Maman dit : « Oh, vous avez de la chance, vous aurez deux papas, et peut-être un jour deux papas et deux mamans. » Mais nous, on veut juste notre ancienne maman et notre ancien papa et nous deux.

– Je comprends ce que tu ressens.

Karen avait raison. Soudain, j'entendis des petits reniflements près de moi. Andrew pleurait, le nez dans son sandwich. Karen fit le tour de la table en courant pour consoler son frère.

– Pardon, Andrew, pardon.

– Qu'est-ce qui ne va pas ? demandai-je anxieuse.

– Il n'aime pas qu'on parle de toutes ces mamans et de tous ces papas. Il faut que j'évite de raconter ça devant lui.

J'ai essuyé les larmes d'Andrew avec un coin de la nappe.

– Dites donc ! Si on s'offrait une petite sucrerie ? Une glace par exemple ?

– Maintenant ? s'écria Karen ébahie.

– Maintenant, confirmai-je en ouvrant la porte du congélateur et en espérant y trouver des glaces.

Par chance, il restait un pot de glace et de la sauce au chocolat.

– Les enfants de divorcés ne sont pas des enfants comme les autres. Qu'en penses-tu Andrew ?

Ses yeux se remirent à briller.

– Ouaip ! renifla-t-il.

– Très bien, je préfère ça ! dis-je en ébouriffant ses cheveux.

Je posai sur la table trois coupes de glace à la fraise nappée de sauce au chocolat, et on mangea goulûment. Karen était si contente, qu'elle en oubliait de parler. Nous avions à peine terminé quand Boo-Boo se mit à miauler devant la porte qui donnait sur le jardin. Karen bondit pour lui ouvrir.

– Attends, Karen ! criai-je, ne le laisse pas sortir, d'accord ?

– Mais il veut. Il a bien le droit !

– Madame Porter est-elle chez elle ?

Karen s'arrêta net.

– Oh… je ne sais pas.

– Alors, il vaudrait mieux qu'il reste ici, jusqu'au retour de votre papa. D'accord ?

– Ouais, bonne idée ! admit Karen

– Mais nous, nous pouvons sortir, ajoutai-je.

Je pensais que tout se passerait bien tant que nous ne nous approcherions pas trop près de chez Mme Porter.

– Parce que les enfants de divorcés ne sont pas des enfants comme les autres, ajouta Andrew.

– Tu l'as dit, p'tit loup, lui lançai-je.

Andrew pouffa de rire.

– « P'tit loup » ! C'est rigolo, ça.

Nous avons joué à cache-cache jusqu'à l'heure de la sieste d'Andrew. Ensuite, je me suis assise avec Karen, et nous avons lu *Le Petit Poucet, Les Contes bleus* et *Félix le chat*. Nous lisions *Gédéon* quand Jim est rentré.

– Comment va-t-elle ? demandai-je.

Je ne savais pas trop comment appeler l'ex-femme de Jim. Je ne connaissais même pas son nom.

– Elle est à la maison et sur ses pieds, en tout cas, sur un pied. Elle va bien. Et vous les enfants, vous allez rester avec moi tout le week-end pour que maman se repose. D'accord ?

– Génial ! s'écria Karen.
– Comment ça s'est passé ? voulut savoir Jim.
– Bien, répondis-je.
J'étais intimidée tout à coup.
– Papa, j'aime bien Kristy, déclara Karen. Ça ne me fait rien si c'est notre demi-sœur.
Jim sourit, mais moi je rougis.
– Bon, je suis content que tout se soit si bien passé.
– Il faut qu'elle rentre chez elle maintenant ? demanda Karen.
– Hum, tant que Andrew dort, ça ne va pas être possible. Je ne peux pas te raccompagner tout de suite, Kristy. Veux-tu appeler ta mère pour lui demander qu'elle vienne te chercher ?
– Je ne préfère pas. Maman ne voudra sûrement pas laisser David Michael tout seul.
– Alors, ça ne t'ennuie pas d'attendre ? Andrew ne devrait pas dormir plus d'une demi-heure maintenant.
– Ça ne m'ennuie pas.
Et c'était vrai, ça ne m'ennuyait pas du tout. En attendant qu'Andrew se réveille, Jim joua aux dames avec Karen et moi. Il gagna toutes les parties.
J'étais contente : je lui en aurais voulu de me laisser gagner, ça aurait voulu dire qu'il en faisait trop pour nous faire croire que nous étions une grande famille heureuse.
Plus tard, quand Jim me ramena à la maison, Karen me déclara :

– Kristy, je voudrais que tu sois notre grande demi-sœur tout de suite.

– Et si j'étais votre baby-sitter en attendant ?

– C'est d'accord, admit-elle.

– Ouais, c'est d'accord, répéta Andrew en écho.

Je jetai un coup d'œil à Jim. Lui aussi me regardait. On s'est souri.

Ce soir-là, après avoir couché David Michael, maman est venue dans ma chambre. J'étais en train de récapituler les événements de mon après-midi chez Jim pour les noter dans le journal du club.

– Alors, maintenant que nous avons un moment pour nous, raconte-moi comment ça s'est passé chez Jim. Je suis désolée que ça soit tombé sur toi aujourd'hui, mais ce n'était peut-être pas une mauvaise chose.

J'étais contente que maman n'ajoute pas : « Tu vois, ça devait arriver. »

– C'était très bien, la rassurai-je. Andrew et Karen sont adorables. Mais Andrew ne parle pas beaucoup. Karen m'a expliqué que le divorce l'a beaucoup perturbé.

– Oui, c'est vrai, reconnut maman. Il faut dire aussi qu'il a une grande sœur très bavarde. La plupart du temps il n'a même pas besoin de parler.

– C'est sûr que Karen est très bavarde. Je pense qu'elle est aussi très intelligente.

– Elle l'est. Elle vient à peine d'entrer à la maternelle et son institutrice parle déjà de la faire passer en CP dès l'année prochaine.

– Waouh !

– Kristy, retourneras-tu garder les enfants de Jim s'il a encore besoin de toi ?

– J'ai déjà dit à Karen qu'à défaut d'être sa demi-sœur, je serais au moins sa baby-sitter.

Ma mère avait l'air satisfaite.

– Maman ? ajoutai-je. Que se passera-t-il quand Jim et toi vous vous marierez ? Je veux dire si vous vous mariez. Karen et Andrew vivront avec nous ? Habiterons-nous tous dans la maison de Jim ? Elle est si grande !

– Est-ce que c'est le fait que nous n'ayons pas encore pris de décision qui te tracasse ?

– Oui. J'aime bien savoir ce qui va se passer.

– Je crains de ne rien pouvoir te dire de précis, ma chérie, m'avoua maman d'une voix douce.

– Peux-tu me dire quelque chose d'imprécis alors ?

Maman sourit.

– D'abord, concernant la garde des enfants de Jim, rien ne changera : où que nous vivions, Andrew et Karen n'habiteront pas avec nous. Ils viendront seulement en visite. Mais il est possible que nous emménagions chez Jim pour une simple question de place.

– Mais je ne veux pas déménager !

– Kristy, j'ai dit c'est possible. De toute façon, rien n'est encore décidé. Il est temps d'aller au lit maintenant. Bonne nuit, mon chou.

– Bonne nuit, m'man.

“Je mourais d’envie de dire ce que je savais. Rien ne m’arrêterait, pas même les yeux de Claudia qui m’adressaient en télégramme urgent : Tais-toi, ne fais pas ça !”

14

Le lundi suivant, jour de réunion du club, tout le monde semblait être remis de ses émotions du week-end. Et chacune d’entre nous avait des tas de choses à raconter.

– Vous savez quoi ! nous annonça Mary Anne entre deux appels téléphoniques. J’ai fait la tête à mon père samedi toute la journée, mais dimanche je me suis lancée et j’ai essayé de discuter avec lui au sujet de l’argent gagné grâce au club. De toute façon, je n’avais rien à perdre. Je lui ai demandé si je pouvais en dépenser la moitié comme je voulais, à condition de mettre le rcste à la banque. Et il a dit oui ! En plus il m’a dit que si nous faisons une soirée, je pourrai venir !

– Super ! m’écriai-je. C’est génial ! Tu as vraiment tenu tête à ton père ?

– Ouais…

Mary Anne fit la modeste, mais je savais qu'au fond elle était contente d'elle.

– Moi aussi, j'ai de bonnes nouvelles, annonça Claudia. J'ai rattrapé presque tout mon retard et j'ai eu un B- à mon devoir de maths. Hier soir, j'ai eu une discussion avec mes parents. Quand je leur ai expliqué que je n'étais pas comme Jane, ils m'ont répliqué qu'ils s'en étaient aperçus. Puis ils m'ont annoncé qu'à partir de maintenant, il faudrait que je fasse mes devoirs tous les jours. D'abord, j'ai cru que papa allait m'interdire le baby-sitting et le club, mais pas du tout. Il m'a donné la permission de consacrer chaque soir une heure au club, après le dîner. Si j'en ai besoin, toute la famille m'aidera. Ça me prendra du temps sur la télé, mais plutôt sacrifier la télé que le dessin ou le Club des baby-sitters !

Claudia fouilla sous son matelas et en tira des guimauves. Elle les fit circuler et, bien sûr, Lucy les refusa.

Je brûlais d'envie de leur raconter les bonnes nouvelles de mon baby-sitting chez Jim, mais j'étais encore plus impatiente de savoir comment Lucy allait nous expliquer ce qu'elle avait fait ce week-end.

– Alors, Lucy, dis-je gaiement. C'était comment à New York ?

– C'était agréable. J'ai fait des courses chez Macy's et j'ai acheté ça.

Elle montra son pull en laine écossaise rouge et brillante et ajouta :

– Je me suis aussi payé un foulard assorti.

– Pas mal. Et tes amis ?

– Sympas, me répondit-elle en enlevant un fil de son pull et en prenant bien soin de ne pas nous regarder.

– Ça devait être cool de rester aussi longtemps avec eux.

– Ouais.

– Tu sais qu'il s'est passé une chose très étrange samedi matin, commençai-je.

Comme d'habitude, je ne pouvais pas tenir ma langue. Je mourais d'envie de dire ce que je savais. Rien ne m'arrêterait, pas même les yeux de Claudia qui m'adressaient en télégramme urgent : « Tais-toi, ne fais pas ça ! ». C'était trop tard ! Je savais d'avance les problèmes que ça causerait, je savais pertinemment que Claudia nous prenait, Mary Anne et moi, pour des gamines, et Lucy pour une fille émancipée, et que pour cette raison elle allait prendre fait et cause pour Lucy, mais rien n'y faisait.

– Mary Anne t'a vue rentrer chez toi avec tes parents samedi, continuai-je. Pourquoi as-tu fait dire à ta mère que tu étais restée à New York ?

Les yeux de Lucy lançaient des éclairs. Elle hochait la tête, on aurait dit qu'elle allait me tuer, moi ou Mary Anne, ou peut-être les deux.

– Est-ce que tu accuses ma mère de mentir ? rugit-elle.

Je réfléchis un instant.
– Je crois bien.
Lucy se leva, les mains sur les hanches.
– Kristy ! tu… tu…
Si Lucy voulait une excuse, elle pouvait en trouver une. Elle aurait pu tout mettre sur le dos de sa mère en disant qu'elle l'avait punie ce week-end et que ses parents étaient sévères. Mais ce n'est pas ce qu'elle a fait. Elle piqua juste une colère. Et elle ne donna aucune explication à ses mensonges pas plus qu'à ceux de sa mère. En attendant, Lucy, debout dans la chambre de Claudia, me lançait des regards noirs.
– Je n'arrive pas à croire que tu oses dire ça, Kristy. Je te savais gamine, mais pas à ce point !
– Tu n'as aucun tact, ajouta Claudia, venant immédiatement au secours de Lucy, exactement comme je l'avais prévu.
Mary Anne se taisait. Elle déteste les disputes.
– C'est toi qui me parles de tact et tu me traites de gamine, hurlai-je.
– Mais tu es une gamine, me lança Claudia. Regarde comment tu es habillée !
Je me suis regardée dans la glace.
– Et alors ?
– Franchement, Kristy, un pull avec des flocons et des bonshommes de neige ! On te donnerait quatre ans.
– Et toi, tu t'es vue, avec tes barrettes en forme de moutons ! Tu crois que ça fait adulte, peut-être ?

– Je te signale que les moutons sont à la mode, me rétorqua Claudia sèchement.

– Pour combien de temps ? Il y a toujours quelque chose à la mode à un moment donné. D'abord les grenouilles, puis les cochons et maintenant les moutons. La semaine prochaine, ce sera peut-être les bonshommes de neige. Je m'en fiche ! Je ne perds pas mon temps avec ça, moi !

– Sans doute parce que vous êtes trop occupées à jouer à la poupée, Mary Anne et toi.

– A la poupée ! m'écriai-je.

(On aurait dit que Mary Anne avait reçu une gifle. Je savais qu'elle allait se mettre à pleurer et ça me rendait encore plus furieuse.)

– Nous ne jouons pas à la poupée !

A dire vrai, nous avions juste arrêté l'été dernier.

A ce moment-là, à ma grande surprise, Mary Anne se mit à parler.

– Claudia, Kristy n'avait pas l'intention de vexer Lucy.

Son menton tremblait. Elle était au bord des larmes.

– Tu parles ! Elle a accusé sa mère de mentir.

Les larmes coulaient des yeux de Mary Anne.

– Oh ! Quel bébé pleurnicheur, s'exclama Claudia.

Mais je voyais qu'elle n'était pas à l'aise elle non plus.

Tout à coup, on frappa.

– Quoi ? hurla Claudia.

La porte s'ouvrit d'un coup. J'étais terrifiée à l'idée que ça pouvait être Jane avec d'éventuels commentaires sur « bébé pleurnicheur ». Mais c'était Mimi, qui passa sa tête dans la chambre.

– Excusez-moi les enfants, nous interrompit la grand-mère de Claudia de sa voix douce et avec son léger accent. Mais que se passe-t-il donc ici ? Je vous entends hurler d'en bas.

Tout le monde se calma.

– Je suis désolée, Mimi, s'excusa Claudia.

J'étais un peu gênée.

Nous nous étions toutes levées, prêtes à nous étriper et, maintenant, nous cherchions des endroits où nous asseoir.

– Tout va bien ? Puis-je vous aider ? demanda à nouveau Mimi.

– Non, merci, répondit Claudia d'une voix adoucie. Nous ne pensions pas faire autant de bruit.

– Très bien. Si vous avez besoin de moi, je suis dans la cuisine. Claudia, tes amies doivent partir dans un quart d'heure.

– Ne t'en fais pas.

Mimi sortit sur la pointe des pieds et ferma doucement la porte derrière elle. Je m'aperçus que nous nous étions assises comme si nous étions en guerre : Mary Anne à côté de moi par terre, Claudia et Lucy ensemble sur le lit. Nous nous tournions le dos.

Le téléphone sonna.

– Je décroche, avons-nous crié toutes à la fois en bondissant sur le téléphone, chacune décidée à répondre.

Je l'ai attrapé en même temps que Lucy et nous nous sommes battues pour le décrocher. La lutte était féroce, l'appareil secoué dans tous les sens. Enfin je l'ai arraché des griffes de Lucy.

– Club des baby-sitters, annonçai-je d'un ton brusque. Oui... oui ?

C'était un nouveau client. Il avait besoin d'une baby-sitter pour garder sa fille de sept ans, jeudi après l'école. Je pris tous les renseignements et lui expliquai que je le rappellerais dans cinq minutes.

– Alors ? s'impatienta Claudia dès que j'eus raccroché.

Lucy était si furieuse que son visage en était rouge cramoisi. Sans rire. Elle ne pouvait même plus parler.

– Qui est libre jeudi après-midi ? C'est une fille de sept ans, Charlotte Johanssen, Kimball Street.

– Je suis libre, gronda Claudia.

– Moi aussi, continua Lucy en serrant les dents.

– Moi aussi, fit timidement Mary Anne.

– Moi aussi, ajoutai-je.

Nous nous lancions toutes des regards furieux.

– Bon, alors quoi ? s'énerva Lucy.

Claudia fronça les sourcils.

– Qui a eu l'idée stupide de ce club débile, hein ? Quatre personnes pour le même boulot. C'est malin.

– Puisque c'est moi qui ai eu l'idée de ce club débile, dis-je soudain, c'est moi qui prendrai ce boulot débile.

Je rappelai M. Jonhanssen puis ordonnai à Mary Anne :

– Viens, on part. Nous sommes devenues indésirables ici.

Claudia avait l'air penaud.

– Kristy… hésita-t-elle.

– Laisse tomber. Ce n'est pas à toi que je parle !

Mary Anne et moi sommes parties sans prendre la peine de dire au revoir à Mimi. Mary Anne s'était remise à pleurer. J'allais lui lancer une méchanceté, mais je réalisai que si je continuais comme ça, elles seraient trois contre une, ce qui était bien pire que deux contre deux.

– Arrête de pleurer.

– Excuse-moi, je déteste les bagarres, c'est tout.

– Moi aussi. Mais on va se réconcilier, tu vas voir.

– J'espère.

– J'en suis sûre. Nous resterons unies pour le club, hein ?

– Oui, reconnut-elle, mais elle ne semblait pas persuadée, et moi non plus.

Je regrettais vraiment que nous nous soyons

disputées, et j'espérais que tout serait bientôt oublié. Plus tard dans la soirée, il est arrivé tant de choses étonnantes que, de toute façon, j'ai vite oublié cet incident.

Maman et Jim étaient sortis pour dîner. Mes frères et moi avions fini nos devoirs et jouions au Monopoly dans la cuisine. Enfin je jouais avec Samuel et Charlie. Car David Michael, lui, complètement guéri, jouait à lancer ses pirates Playmobil à l'assaut de la boîte de Kleenex, leur féroce ennemie. Samuel venait d'acheter les quatre gares et était en train de nous plumer, Charlie et moi, quand la porte d'entrée s'ouvrit. C'était maman et Jim. On ne les attendait pas si tôt.

– Surprise ! s'écria maman, en entrant dans la cuisine.

Jim, lui, jeta une poignée de confettis. Nous avons souri, mes frères et moi.

– Que se passe-t-il donc ? leur demanda Charlie.

Maman et Jim se regardaient, les yeux brillants.

Je ressentis un drôle de truc au creux de l'estomac.

– Dis-leur, toi, fit Jim.

Maman se tourna vers nous. Elle était radieuse.

– J'ai accepté de me fiancer.

Déjà ?

Maman leva sa main gauche. A l'annulaire, elle portait une bague avec un diamant gros comme un caillou.

– Waouh ! laissai-je échapper.

Nous voulions tous voir la bague.

– C'est joli, s'exclama David Michael.
– Ça veut dire que Jim va devenir votre beau-père, lui expliqua maman.
– Vraiment-vraiment-vraiment ?
David Michael sautait dans tous les sens. Samuel embrassa maman et Charlie serra la main de Jim. Et moi, je restais là sans bouger. Je n'étais pas contrariée, mais pas heureuse non plus. Les questions se bousculaient dans ma tête. Finalement, j'en posai une :
– Quand aura lieu le mariage ?
– Oh, pas avant des mois, répondit maman.
Je laissai échapper un soupir. Quel soulagement !

“ J’avais l’impression que nous n’allions pas savoir la vérité à propos de Lucy et ça m’ennuyait. Mais il était temps de se réconcilier. ”

15

Le mardi au collège, Mary Anne et moi avons évité Claudia et Lucy toute la journée. Enfin, je me décidai à demander à Claudia si la réunion du club aurait bien lieu le lendemain comme d’habitude. Pour elle, c’était d’accord.

Ce soir-là, pour une fois, c’est nous qui sommes allés dîner chez Jim. Andrew et Karen étaient là. Jim les gardait souvent depuis l’accident de leur mère.

Karen était en grande forme. Elle aimait la compagnie et passa un long moment à essayer de comprendre les liens de parenté.

– Si mon papa et ta maman se marient… commença-t-elle, en sautillant d’un pied sur l’autre, tandis que Jim faisait passer les assiettes de chips et les beignets d’oignons.

– Quand nous serons mariés, rectifia Jim.

– D'accord quand vous serez mariés, Kristy sera ma demi-sœur, et Samuel, tu seras mon plus grand demi-frère... Quel âge tu as, dis ? Trente-cinq ans ?

Samuel resta médusé.

– Trente-cinq ! C'est presque plus que...

– Attention à ce que tu vas dire, mon grand, coupa maman. Si trente-cinq ans c'est vieux, je peux tout de suite m'acheter une canne et un dentier !

Tout le monde s'esclaffa.

– Vingt-neuf alors ? demanda Karen.

– Non ! dit Samuel. J'ai seize ans.

Karen l'observait.

– D'accord, fit-elle.

Puis, se tournant vers Charlie :

– Toi, tu seras mon deuxième plus grand demi-frère.

– Ouais, et sais-tu quel âge j'ai ? Cent douze ans.

Je pouffai de rire. Karen aussi.

– Et toi, tu seras mon dernier demi-frère, expliqua-t-elle à David Michael.

(Heureusement qu'elle n'avait pas dit mon plus petit demi-frère.)

– Tu sais quel âge j'ai ? lui demanda-t-il.

J'espérai que Karen serait plus perspicace avec les petits qu'avec les grands, car David Michael déteste qu'on croie qu'il a moins de six ans.

– Huit ans ?

Je poussai un soupir de soulagement. David Michael était ravi.

Je me renversai sur ma chaise et regardai autour de moi, dans le salon. Il n'y avait pas de moquette, juste des petits tapis par-ci par-là, sur un parquet en bois bien ciré. Dans un coin de la pièce, il y avait un petit arbre dans un pot en cuivre. Au fond se trouvait une immense cheminée. Et à l'autre bout, un grand piano à queue noir et luisant. Je trouvai ce salon à mon goût. Et que je pourrais même m'y faire s'il le fallait.

La soirée fut très amusante. Jim avait préparé une fondue. Il posa un grand poêlon plein de fromage fondu et bouillant, au milieu de la table. Puis il distribua à tout le monde une longue fourchette et une assiette remplie de morceaux de pain. Il fallait prendre un croûton avec sa fourchette, le plonger dans la casserole et le manger. Jim nous prévint que celui ou celle qui laisserait tomber son pain dans la casserole devrait embrasser son voisin de droite.

– Beurk ! s'exclama David Michael.

Alors chacun inventa des règles supplémentaires.

– Celui qui fait tomber du fromage sur la nappe, ajouta Charlie, n'aura pas le droit de tremper son pain pendant deux minutes.

– Celui qui prend le pain de quelqu'un devra obéir à ses ordres jusqu'à la fin de la soirée, continuai-je.

Du coup, tout le monde fit très attention.

Mais ce qui devait arriver arriva ! Je venais juste de tremper ma fourchette dans le poêlon quand mon pain tomba et disparut dans le fromage. Et qui était à ma droite ? Jim.

Je n'osais même pas lever les yeux. J'espérais que personne n'avait remarqué ce que j'avais fait.

Mais si, tout le monde m'avait vue.

– Oh, oh ! Kriiissstty, se moqua Samuel.

– Embrasse papa, embrasse papa ! s'écria Karen.

Je jetai un coup d'œil de l'autre côté de la table et vit que maman m'observait. Je parie qu'elle pensait que j'allais faire une scène. Mais elle allait voir !

Je me penchai, fis une bise à Jim si vite qu'on n'aurait même pas pu me chronométrer, et je me remis à manger.

Plus tard en rangeant la cuisine, je ne me sentais pas très fière. Je veux dire que j'aurais pu l'embrasser plus gentiment. Alors j'ai cherché un stylo et un morceau de papier, et j'ai écrit ce mot à Jim :

Cher Jim,

La prochaine fois que vous aurez besoin d'une baby-sitter pour Andrew et Karen, appelez-moi. Je serais heureuse de venir.

Amicalement,

Kristy

P.S. 1 : la soirée fondue était sympa.

P.S. 2 : j'aime bien votre maison.

P.S. 3 : si maman et vous, vous vous mariez, je suis pour.

J'ai failli ajouter « affectueusement, Kristy », mais je ne voulais pas faire trop sentimentale, alors je n'ai rien écrit d'autre. J'ai fixé le mot sur le miroir de la salle de bains de Jim.

Le lendemain, je me suis rendue chez Claudia avec Mary Anne pour la réunion du club. Nous y sommes allées ensemble pour nous donner du courage.

En montant les escaliers nous avons entendu les voix de Claudia et de Lucy. Quand nous avons poussé la porte, elles se sont arrêtées de parler. Silence absolu. Mary Anne et moi, nous nous sommes assises. Je ne voulais pas parler la première, puisque j'avais déjà fait l'effort de demander si la réunion aurait bien lieu aujourd'hui. Enfin, Claudia dit :

– Je suis désolée pour hier. Désolée d'avoir crié.

Elle s'adressait à Mary Anne, mais pas à moi.

– C'est rien… fit Mary Anne.

– Et moi, je suis désolée d'avoir menti, avoua Lucy.

– Claudia, tu es désolée d'avoir fait pleurer Mary Anne ou de m'avoir injuriée ? demandai-je.

Claudia soupira.

– Kristy, répondit-elle, je suis désolée de m'être énervée. Vraiment. Je n'avais aucune raison de crier après Mary Anne. Mais toi, tu m'as réellement mise hors de moi.

– Pour quelle raison ? ajoutai-je d'un air angélique.

– Tu le sais très bien.

Je regardai par terre.

– En me mêlant des affaires des autres. En ouvrant mon bec.

– Ouais.

– Bon c'est sûr, j'ai menti, reprit Lucy.

– Mais ton mensonge n'a blessé personne, fit remarquer Claudia, du moins, pas à ma connaissance. Et tu avais sûrement une bonne raison de le faire, surtout si ta mère t'a soutenue. De toute façon, Kristy n'avait pas à te soupçonner comme ça. Tu es mon amie et je ne permets à personne de te blesser.

– Mais je suis aussi ton amie, lui dis-je.

– Bien sûr, reconnut Claudia, et je n'aime pas que mes amies soient méchantes. Si tu n'étais pas mon amie, ça me serait égal. Ça ne vaudrait même pas la peine de s'en faire pour toi.

Je réfléchis quelques secondes.

– J'ai une seule chose à ajouter : je n'aime pas les mensonges. J'ai le droit de dire ça, non ?

J'avais l'impression que nous n'allions pas savoir la vérité à propos de Lucy et ça m'ennuyait. Mais il était temps de se réconcilier.

– Juste un dernier mot, ajoutai-je. Je vous promets que je vais essayer de tenir ma langue à partir de maintenant. Sincèrement. Elle me joue des tours tout le temps. Demandez à ma mère.

– Ou à n'importe qui, continua Claudia.

On a toutes explosé de rire.

– Une fois, quand ma grand-mère est revenue

de chez le coiffeur, je lui ai demandé pourquoi elle avait les cheveux violets, leur racontai-je, j'ai eu de sacrés problèmes après ça !

– Un jour, je me suis mise à pleurer devant toute la classe, avoua à son tour Mary Anne.

– Ça arrive parfois quand on est petit, reconnut Lucy.

– Petit ? Mais c'était la semaine dernière !

On rit de plus belle.

Puis le téléphone sonna et on se mit au travail.

A six heures, je me suis exclamée ?

– J'ai une idée géniale ! Maintenant que nous avons réglé nos problèmes, si on pensait à notre soirée pizza ! Ne te fais de souci pour ton régime, Lucy. Tu peux commander une très bonne salade à la place d'une pizza et, en plus, ajoutai-je en pensant à Lucy et à Charlie, je crois que nous pourrons aller chez moi.

Les yeux de Lucy se mirent à briller.

– D'accord, je viendrai.

– C'est d'accord pour samedi alors ?

On décida de se retrouver toutes à cinq heures de l'après-midi.

J'espérais bien convaincre maman de les inviter à dormir à la maison aussi. Maman n'y vit aucun inconvénient. Le Club des baby-sitters lui plaisait énormément.

– Après tout, me dit-elle, c'est le club qui t'a rapprochée de Jim.

J'approuvai. Le club nous a toutes aidées. Il a aidé Lucy à se faire des amies, Mary Anne à trouver le courage de tenir tête à son père. Et il a permis à Claudia de voir qu'elle pouvait être bonne ailleurs qu'en dessin, même si elle n'est pas un petit génie comme Jane.

J'étais plutôt contente du club, et heureuse que maman le soit aussi.

Le samedi à cinq heures, notre fabuleuse soirée pizza a commencé. Nous avons mangé, mangé et encore mangé. Nous, c'est-à-dire Claudia, Mary Anne et moi. Lucy, elle, s'est contentée d'une salade et d'une pomme. Un peu plus tard, elle but du Coca-Cola Light et grignota même un peu de pop-corn avec nous. A onze heures, nous avons enfilé nos chemises de nuit et avons étalé nos duvets sur la moquette de ma chambre. Lucy avait un tee-shirt incroyable avec des étoiles fluorescentes et, en arrière-plan, les silhouettes des buildings de New York.

– Tu as tellement de chance d'avoir vécu à New York et de pouvoir y aller tout le temps, s'exclama Mary Anne. Je n'y suis allée que deux fois.

Lucy se tordit les doigts. Elle ferma les yeux un moment puis les ouvrit, et déclara :

– J'ai quelque chose à vous dire.

– Quoi ? fis-je curieuse.

On aurait dit qu'une longue confession s'annonçait.

Claudia me jeta un regard l'air de dire : « Mesure tes paroles. »

– J'ai un secret, commença Lucy.

Je fis mon possible pour ne pas lâcher : « Je le savais ! J'en étais sûre ! »

– Vous savez, mon régime, poursuivit-elle, eh bien, ce n'est pas n'importe quel régime. Et les voyages à New York non plus. Ce n'est pas pour voir des amis. J'y vais pour consulter un médecin. Parfois je dois passer la nuit à l'hôpital.

Claudia et Mary Anne étaient pétrifiées.

– J'ai... j'ai du diabète, avoua-t-elle enfin. Depuis l'année dernière.

Mary Anne ouvrit de grands yeux.

– Oh, pauvre Lucy, s'écria Claudia en la prenant maladroitement dans ses bras.

Mais je m'étonnai :

– Du diabète ? C'est tout ?

– Comment c'est tout ? s'exclama Lucy. Que veux-tu dire ?

– Je veux dire... pourquoi ne pas l'avoir dit tout simplement ? Mon cousin Peter aussi a du diabète. Ça signifie qu'on a un problème avec le sucre. Le corps ne l'accepte pas. Trop ou pas assez de sucre peut être dangereux, c'est ça, n'est-ce pas ? Et tu dois sûrement te faire des piqûres d'insuline tous les jours. C'est moche, mais tu n'es pas un monstre ! Il ne faut pas t'en faire, nous ne te proposerons plus de sucreries, d'accord ?

Claudia me jeta un autre regard. Cette fois, il disait clairement : « Bravo Kristy. »

– Mais ça ne vous fait rien ? s'inquiéta Lucy.

– Mais si, ça nous fait quelque chose, lui expliquai-je.

– Je veux dire, ça ne vous dérange pas ?

– Mais non, pourquoi est-ce que ça nous dérangerait ? dit Claudia en fronçant les sourcils.

– Je ne sais pas. Ma mère agit comme si c'était une malédiction. Dans mon ancien collège, les élèves se sont tous mis à se moquer de mon régime et comme je me suis évanouie un certain nombre de fois, maman a décidé que nous devions partir pour une petite ville tranquille, accueillante et calme.

– C'est pour ça que tu es venue ici ? fit Mary Anne.

Lucy hocha la tête.

– Enfin, en partie, je pensais pouvoir cacher ainsi ce qui n'allait pas chez moi. Déménager pouvait être l'occasion de tout recommencer à zéro. Mais ne pas vous le dire à vous, c'était pire que de le dire à mes anciens amis. C'est tellement compliqué ces mensonges et tout ça.

Mary Anne ajouta calmement :

– Tu n'as peut-être pas besoin de le dire à tout le monde. Nous, nous le savons, et c'est important parce que nous sommes tes amies. Tu pourrais peut-être ne pas en parler au collège.

– C'est vrai, approuva Lucy.

Son visage s'adoucit.

– Vous êtes super, vous.

On a toutes souri.

– Je pense qu'on devrait faire une soirée comme celle-là une fois par mois ! ajouta-t-elle.

– Ouais, approuvai-je. Quand maman et Jim

seront mariés, on pourra les faire chez Jim, si nous déménageons là-bas. Le troisième étage serait idéal. Nous pourrions l'avoir pour nous toutes seules.

– Quand ta mère et Jim seront mariés ! s'écria Claudia.

Je hochai la tête. Puis je leur racontai tout.

Au moment où je terminais, on frappa à la porte.

– Hé, les filles ?

C'était la voix de Charlie.

– Maman m'a dit de vous apporter ça. Pas de panique, je ne vais pas entrer dans la chambre. Je le dépose devant la porte, maintenant je marche dans le couloir, maintenant je descends l'escalier…

Le bruit de ses pas diminua.

J'ouvris la porte et trouvai un plateau avec quatre verres, une bouteille de Coca sans sucre, une pomme, un paquet de cookies et un mot de maman disant qu'elle voulait éviter qu'on se serve nous-mêmes dans le réfrigérateur.

Je pris le plateau.

– Ton frère est si mignon, Kristy, dit Lucy.

– Je suppose. Pour un garçon.

– Non, vraiment… Et toi, Kristy, tu n'aimes aucun garçon ?

Je fis une grimace de dégoût.

– Est-ce que… reprit Lucy.

– Chut ! murmurai-je. Oh, écoutez !

– Quoi ?

– Là, près de la fenêtre, il y a quelque chose…

Nous avons toutes tendu l'oreille mais on n'entendait aucun bruit.

– Ce n'était rien !

Mais j'étais contente d'avoir réussi à changer de sujet de conversation.

Mais comme nous étions dans l'ambiance, j'éteignis toutes les lumières et chuchotai aux autres :

– Quel est votre plus horrible souvenir de baby-sitting ?

A voix basse, nous avons commencé à nous raconter les soirs passés – inquiétants – dans les maisons silencieuses, à attendre le retour des parents. Ensuite nous nous sommes raconté des histoires de fantômes.

Je me sentais délicieusement horrifiée... et vraiment heureuse. Nous étions de nouveau amies. Tout allait bien avec Jim et ses enfants, et le Club des baby-sitters était un succès. J'espérais que Mary Anne, Claudia, Lucy et moi – les quatre membres du club – nous resterions encore longtemps ensemble.

A propos de l'auteur

ANN M. MARTIN

Ann Matthews Martin est née le 12 août 1955. Elle a grandi à Princeton, aux États-Unis, avec ses parents et sa jeune sœur, Jane.

Elle a été enseignante, puis éditrice de livres pour enfants, avant de se consacrer à la littérature. Pour écrire, elle s'inspire d'expériences personnelles, mais aussi de sa connaissance du monde de l'enfance et de l'adolescence.

Tous ses personnages, même les membres du Club des baby-sitters, sont des personnages imaginaires (ainsi que la ville de Stonebrook). Mais beaucoup d'entre eux ressemblent à des gens qu'Ann Matthews Martin connaît.

Son livre préféré, dans la série le Club des baby-sitters, est *Un grand jour pour Kristy*. Kristy est aussi sa baby-sitter préférée. Ann M. Martin vit actuellement à New York et ses passe-temps favoris sont la lecture et la couture – elle aime particulièrement faire des habits pour les enfants.

Les aventures
du Club des baby-sitters continuent !

Claudia et le Visiteur Fantôme

Le Club des baby-sitters n°2

Découvrez dès maintenant
un extrait du premier chapitre…

“ Ce soir-là, il y avait du vent et le temps était maussade ; de lourds nuages masquaient la lune et la pluie tombait à verse. C'était une soirée idéale pour se plonger dans *Mort sur le Nil* – un roman policier d'Agatha Christie, à frémir – en suçant des bonbons cachés dans mon bureau ou à travailler à la nature morte que j'avais commencée tout en rêvant à Trevor Sandbourne. Mais papa avait dit : « Tes devoirs d'abord, Claudia » et, avec lui, pas question de discuter.

Ceci étant, nous avions passé un accord, mes parents et moi. Si je faisais bien mes devoirs tous les soirs – un membre de ma famille les vérifierait – je pourrais continuer à prendre des cours de dessin et, chose plus importante, rester membre du Club des baby-sitters.

Le club, c'est une idée de mon amie Kristy Parker, qui lui est venue quand elle est entrée en cinquième. Kristy, qui habite en face de chez moi, fait beaucoup de baby-sitting. Moi aussi et Mary Anne Cook, la meilleure amie de Kristy, aussi.

Donc Kristy a pensé que nous pourrions fonder un club de baby-sitters, faire notre propre publicité et gagner un peu d'argent. Et c'est ce que nous avons fait. En plus, nous avons demandé à une de mes amies, Lucy MacDouglas, de se joindre à nous. Et elle était d'accord. Notre club marche vraiment très bien. Les gens nous connaissent et nous demandent sans arrêt, et nous avons chacune beaucoup plus de propositions qu'avant la création du club. En plus, les enfants que nous gardons sont vraiment super, et nous nous entendons bien avec eux.

Il était donc important que j'aie la permission d'y rester. Mais tout a été remis en question le jour où l'école a adressé une lettre à mes parents pour les informer que je ne travaillais pas assez en classe. Mes parents sont habitués à ces lettres – ils en reçoivent près de deux par an – mais cette fois, ils ne s'attendaient pas à apprendre que je n'avais fait aucun de mes devoirs cette année. C'est après cette lettre que l'accord a été passé.

En fait, les devoirs à la maison c'est si ennuyeux que j'ai du mal à me concentrer dessus. En plus, ça ne sert à rien. Qui ça intéresse de savoir que tel signe signifie « plus grand que » ou tel autre « plus petit que » ? La seule chose que j'aime, c'est lire, mais les professeurs s'en moquent bien ! ”

Loi n° 49-956 du 16 juillet 1949
sur les publications destinées à la jeunesse
ISBN 2-07-050510-3
Numéro d'édition : 78835
Dépôt légal : avril 1997
Imprimé sur les presses de la Société Nouvelle Firmin-Didot
Numéro d'impression : 38353

78835